唐诗岁时记

雪片一冬深

陆蓓容 —— 编著

浙江文艺出版社
Zhejiang Literature & Art Publishing House

图书在版编目(CIP)数据

唐诗岁时记. 雪片一冬深 / 陆蓓容编著. —杭州：
浙江文艺出版社, 2023.8
ISBN 978 - 7 - 5339 - 7257 - 8

Ⅰ.①唐… Ⅱ.①陆… Ⅲ.①唐诗-诗歌欣赏 Ⅳ.
①I207.227.42

中国国家版本馆CIP数据核字(2023)第102807号

策　　划	柳明晔	数字编辑	姜梦冉　诸婧琦
责任编辑	徐　全	封面设计	棱角视觉
责任校对	陈　玲	版式设计	吕翡翠
营销编辑	余欣雅	责任印制	吴春娟

唐诗岁时记·雪片一冬深

陆蓓容　编著

出版发行	浙江文艺出版社
地　　址	杭州市体育场路347号
邮　　编	310006
电　　话	0571-85176953(总编办)
	0571-85152727(市场部)
制　　版	浙江新华图文制作有限公司
印　　刷	浙江海虹彩色印务有限公司
开　　本	880毫米×1230毫米　1/32
字　　数	60千字
印　　张	6.375
版　　次	2023年8月第1版
印　　次	2023年8月第1次印刷
书　　号	ISBN 978-7-5339-7257-8
定　　价	56.00元

前　言

　　古人的岁首是元旦,春天则从立春开始。立,可以理解为"始",立夏、立秋与立冬也是同理。

　　在春天刚刚来临的时刻,唐代的诗人们会有一点点惊讶和喜悦——杜审言就曾说,"偏惊物候新"。如若你略微熟悉文学传统,就能想到,这种情感一直绵亘到明代的戏曲之中——汤显祖让柳梦梅唱出了"惊春谁似我"。

　　中国幅员辽阔,风俗处处不同。可在节气的名字指引下,每当岁序轮回到这几个日子,大家心上都能产生一点微微的共振:那些熟悉的季节,以及与它伴生的感受,又将来到我们的生命之中。

　　从某种程度上说,正因为传统历法一直使用至今,与它密切相关的节气、节日传统也都绵延未绝,我们才有与古人共享一些知识和情怀的可能性,更有可能去理解一个"中国古代诗人",在四季的阴晴雨雪中看什么,想什么,写什么。反过来想,也正因为每一代人积极、丰富和广泛的使用,才让这一套文化传统轻松地传承下去：前人也许真正依照岁时来安排年中行事，而后人至少还能借助文字，想象那种生活的滋味。

近年陆续编写了一些以唐诗宋词和历代古画为素材的日历。最初的设想，就是让文本与节令相契，绘画与文本相合，希望它们匹配得严密、真切而有趣。不过，这些窄窄的小册子都是一日诗词一日画，全年各占一半篇幅。若是每一日都共同呈现，翻阅实在不便，有负于它的"产品属性"。

五六年来，为选目而经眼的作品已不太少。也常想在诗词和绘画的陪伴下，完完整整地走过一年，以弥补过去那些"产品"的遗憾，因此动念做一本新书。日历的开本小，解说余地有限，不能处处分析古人的匠心。既是做书字数的限制少了说理的空间就大。于是精选了我最喜欢的诗，先按岁序排列，再尝试讲了些典故为何恰切，对仗为何巧妙，同一主题如何各擅胜场，相似的表达手法怎么总能奏效。也尝试比着讲：春天和秋天里，谁用了同样的手法；同一类作品，白居易怎样直接，杜牧如何宛曲。尝试连起来讲：参与了永贞革新的诗人们，星散各地，各有名篇；李白寄愁心与明月之后，王昌龄醉别江楼。这些工作好似飞花摘叶，牵丝攀藤，我在那些清词丽句的迷宫里，重温了自己年少时的旧梦。

配画也有一些新的调整。历年积攒的古画图像越来越多，可以在不同选项里挑最好的。"停车坐爱枫林晚"，选陆治画的卡通小人儿。《夜宴左氏庄》，选检书、烧烛的真实场景。找到"落日照大旗"与"雪拥蓝关马不前"的真切诗意图；再找一些群众演员，去杜甫诗里打枣摘桃子。我在绘画世界里工作的时间，已经快和读诗的少年时代等长了。所以斗胆给每幅画加上了说明，根据不同的情况，或撰述画面，或介绍作者、风格和作品价值。

到写这篇小引时，书籍的内容和形式都已做过好几遍调整，编辑与设计师付出了辛勤的劳动。它以年为单位，以四季来分册。我们都希望它像真正的日脚那样轻捷，不再与具体的某岁某时固定在一起。因此所有绑定了节气的日期，都是概念化的。如同大家耳熟能详的《节气歌》所言，它们可能偶尔会和今年、明年、后年的正日子偶尔"最多相差一两天"。

如果说这样的安排里也藏着一点奢望，那就是：这部小书能在眼下的岁时中停留久一点。但愿它有机会陪人走进一些唐诗里的岁时。

陆蓓容

癸卯夏至

目录

●

3

4

立冬

初候，水始冰。

刚刚结冰的水，在冰面以下依然流动。当你发现这一切，便意识到：一切我们以为不变的东西，都在悄悄地变化着。

杜牧就曾经有过这样的感受。他说：『浮生却似冰底水，日夜东流人不知。』

二候，地始冻。

大地披上了坚甲。

三候，雉入大水为蜃。

蜃，是蚌一类的生物。古人觉得它是雉鸡所变。这些错误的观察和归因固然不足再谈，可也须得承认：那些观察不够严密，『科学』未能统摄一切的地方，是奇幻想象的温床。

有些绮丽到不真实的诗句，也该从『想象』上去理解。譬如李商隐的许多《无题》。

冬夜闻虫

唐·白居易

虫声冬思苦于秋，

不解愁人闻亦愁。

我是老翁听不畏，

少年莫听白君头。

　　诗有力拔千钧的，也有闲闲如话的。只要抱着开放的态度来欣赏，都有可取之处。白居易诗以浅近易懂出名，抒情说理可不含糊，有时，朴实的道理最能打动人。

　　他说："冬天的昆虫们寿命将尽，叫起来比秋天更加凄悲。我已经老了，心如铁石，早已能够正视无情的岁月，所以不再怕听悲切的虫鸣。可是少年人，请你们不要去听这些声音。它们消磨人的心志，喻示着岁月流逝。听过一个又一个冬天，你们也就走进了暮年。"

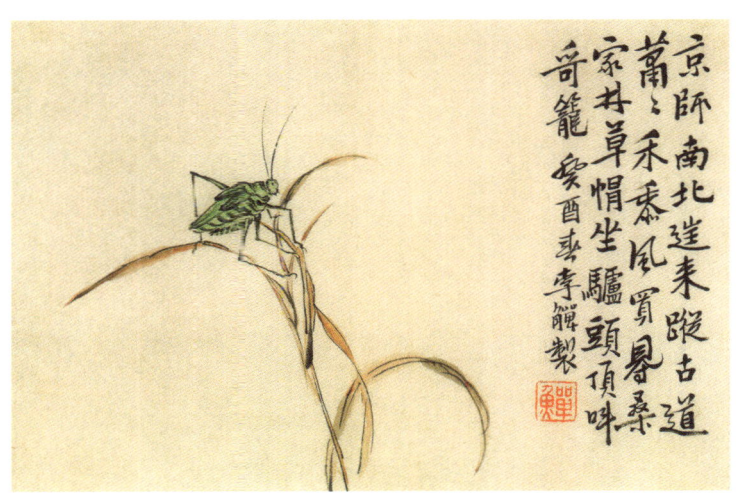

京師南北逕來蹤古道
蕭蕭禾黍風罥曇桑
家林草帽坐驢頭頂嚇
哥籠　癸酉秊李鱓製

清·李鱓·花卉图册·一

　　扬州八怪的时代，一些更为鲜艳的颜料普及了。碧绿的虫儿在枯
草上啼鸣，它是一只蝈蝈儿。

赠猎骑

唐·杜牧

已落双雕血尚新，鸣鞭走马又翻身。

凭君莫射南来雁，恐有家书寄远人。

白居易如此耿直，而杜牧如此委婉。读诗至今，我们一定要培养这样的认识：有些诗直抒胸臆，有些诗曲意回环。写得透彻，藏得巧妙，都可以成为名篇。事实上，欣赏一切文学作品，都要抛弃先入为主的偏见，抱同样的平和与宽容。

赞美猎人身手矫捷，等于当面拍马。好话说完，立刻转折，请他不要打落大雁，以免有些人收不到雁足上系带的书信。表面看来，只是一颗无理而多情的仁慈之心。事实上，也许杜牧自己就在等，那一封迟迟没有收到的家书。

◆ 凭：请，请求。"凭君"，即"请你"，是唐诗常见表达法，如"凭君传语报平安"。

清·萧晨·山水图册·三

　　画中的猎人骑着马，架着鹰。马儿驮着猎物，正在奋力奔跑。

登荆州城望江

唐·张九龄

滔滔大江水，

天地相终始。

经阅几世人，

复叹谁家子。

　　长江远远流去，它与天地同寿。它看见过多少代人的兴衰？它的涛声，又是在为哪一个人的命运叹息？望着长江，许多想法萦绕不休，那正是张九龄心里的浪奔浪流。

　　我们常被眼前的生活牵绊，古人心里，倒真的常有"诗和远方"，并且常常异曲同工。这首诗的意思，和张若虚《春江花月夜》中的名句十分相似——人生代代无穷已，江月年年只相似。不知江月待何人，但见长江送流水。江也好，月也好，在恒久的事物面前，人生永远短暂，人类永远渺小。

明·佚名·仿夏圭长江万里图卷（局部）

空江流水，杳无行人。反倒该问，会有"谁家子"，去江水旁咏叹？

静夜思

唐·李白

床前明月光,

疑是地上霜。

举头望明月,

低头思故乡。

　　一个小问题,诗里有几个动作呢?先低头,看到了月光,以为是霜。再抬头,确认了那是月光。最后又低头,思念着家乡。

　　又有几重感情呢?最初是惊讶,继之以恍然,而终于怅惘。

床前看月光，疑是地上霜，举头望明月，低头思故乡。李白静夜思用开会法写出

清·石涛·唐人诗意图册·三

　　画中并无月亮，只是设色清透，显得小楼小树小人儿都沐浴在月光中。请看得仔细些——小人儿分明坐在一顶帐子底下。那才是真正严格的"床前"。

白小

唐·杜甫

白小群分命，天然二寸鱼。

细微沾水族，风俗当园蔬。

入肆银花乱，倾箱雪片虚。

生成犹拾卵，尽取义何如。

　　银鱼太小了。说是鱼族，其实不过如同蔬菜一般；必须竭力捕捉，才够一盘菜的分量。它像银花，像雪片，娇小可爱。人类若像捡鸟蛋一样，捉它吃它，务求其尽，岂不有伤于道义吗？

　　全篇字面纤秀可爱，可用意颇为深远。那个满怀真善美的杜甫，永远不放弃追问：敲骨吸髓，征求务尽，真的合理吗？对鱼如此，尚且不义；那么，对人呢？

◆ 白小：指银鱼。
◆ 群分命：指白小群聚在一起，与其他鱼类相区别。

明·沈周·东庄图册·二十一

　　小亭子里的人儿倚着栏杆，撅着屁股，努力探身看小鱼。

山中

唐·王维

荆溪白石出，

天寒红叶稀。

山路元无雨，

空翠湿人衣。

11 月 12 日

　　叶落天寒的季节，未必没有色彩。枯水期，河床里的石头是白的。一些树叶是红的。水汽蒙蒙，笼罩着一座苍翠的山峦。这一切使人感到山中还很温暖，入山还令人喜悦。那仿佛沾湿衣服的"空翠"，似真似幻，尤其可爱。只有真正有过经验，探索过自然的人，才能及时捕捉它。

◆ 荆溪：本名长水，又称浐水，源出陕西蓝田县西南秦岭山中，北流至长安东北入灞水。《暮春浐水送别》，所写的地方就是这儿。

◆ 元：原来，原本。

清·查士标·山水册·四

　　"天寒红叶稀"，可小人儿穿着红衣，甩着袖子，高高兴兴走在山路上呢。

杜工部蜀中离席

唐·李商隐

人生何处不离群，世路干戈惜暂分。

雪岭未归天外使，松州犹驻殿前军。

座中醉客延醒客，江上晴云杂雨云。

美酒成都堪送老，当垆仍是卓文君。

11 月 13 日

在阅读古典文学作品时，不但要注意理解诗人运用的古代典故，也要尝试分析那些在诗人写作的"当代"，刚刚被使用的新词语。杜甫就常常把他所见的时事写进诗里。李商隐学到了这个本领，写出了"雪岭未归天外使，松州犹驻殿前军"，指明唐朝与吐蕃战和不定。

学习名家，又需要精准把握名家的写作手法。杜甫精于对仗，句法天矫腾挪，常有言外之意。而本篇的"座中醉客延醒客，江上晴云杂雨云"一联，就有力又多姿，同时又用宾主醒醉暗指心情复杂，用天气阴晴暗指局势多变。

这样学，才叫作"深得神髓"。

◆ 杜工部：指杜甫，杜甫当过检校工部员外郎，故称。诗题"杜工部蜀中离席"，是指效仿杜甫律诗的风格写了这首《蜀中离席》。真正高水平的诗人，都懂得向高手学习。李商隐学杜甫，辛弃疾学李清照，都是好例子。

◆ 雪岭：四川西北部的雪山。这是当时汉族与少数民族的天然分界线，吐蕃、党项都聚集在雪山之外。出使招抚，犹未归还。

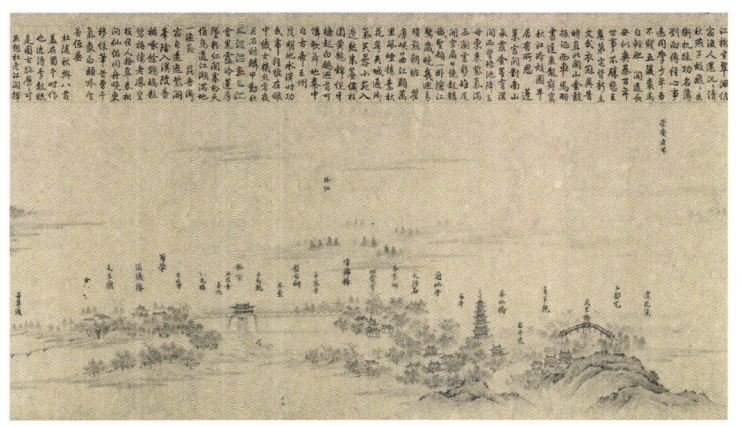

（传）宋·李公麟·蜀川胜概图卷（局部）

　　这是一件带有地图性质的神奇作品，从晚明开始，人们相信它的作者是北宋名家李公麟。画中的一段正是成都。城门上方写着"锦官"，画面右侧有"万里桥"和"工部宅"，那正是杜甫的居所。而李商隐当年，也正是在这里参与了那一场"离席"。

馆娃宫怀古

唐·皮日休

绮阁飘香下太湖，

乱兵侵晓上姑苏。

越王大有堪羞处，

只把西施赚得吴。

吴王还在太湖边的宫殿楼阁里沉醉，越国的兵已经趁着黎明攻下了苏州城。历来诗人歌咏这段历史，都绕不开西施这个关键人物。皮日休说：越王胜之不武，令人不齿。他只知道使用美人计，从来没有想过那个被牺牲的美人。

咏史诗有很多种写法。有时不必讲究技巧，只要坦坦荡荡地亮出自己的观点，就足够响亮，掷地有声。

◆ 馆娃宫：坐落在江苏苏州的灵岩山上。春秋时期，吴王为西施兴建了这座官殿。

◆ 侵晓：天色将明时。

◆ 赚：诓骗。这里指不以力取，使用美人计。

（传）五代·周文矩·西子浣纱图页

　　此前说过许多次，早期册页图像的"作者"常常不可靠。因为在作品上署名是较晚的习惯，而收藏者又总想让自己的藏品暴得大名。此页题为周文矩作，自然不太可能。大家姑且欣赏一下西子浣纱的形象吧。

泊秦淮

唐·杜牧

烟笼寒水月笼沙，

夜泊秦淮近酒家。

商女不知亡国恨，

隔江犹唱后庭花。

　　陈亡于隋，隋又亡于唐。在小李杜的时代，六朝更迭的历史还不是很遥远，读书人大抵熟悉，所以他们也能在日常生活中想起这段往事，信手拈来，成为诗料。秦淮河穿六朝古都南京城而过，因此本篇与《馆娃宫怀古》一样，是作者身临其境，才有感而发的。但杜牧更含蓄一些，他不肯直接发议论，而要我们通过真实的事情，自己产生沉痛的感觉。

　　这件事，就是"隔江犹唱后庭花"。城犹在，国已亡，曲仍传。亡国之恨，本来也不该要求歌女们来承担：我们该想，那时那夜，在江畔听曲的衮衮诸公，也不知道唐王朝已经快要落幕了。

◆ 商女：歌女。
◆ 后庭花：即《玉树后庭花》，是南朝陈后主所作之曲。八月份，我们学过李商隐的《隋宫》。那首诗的末句，正是"岂宜重问后庭花"。

宋·佚名·江城夜泊图页

　　许多活动，今日已淡出了城市生活，而在漫长的古代，它是人们的日常。山脚下，水岸边，夜泊景象大抵如此。

月夜

唐·杜甫

今夜鄜州月，闺中只独看。

遥怜小儿女，未解忆长安。

香雾云鬟湿，清辉玉臂寒。

何时倚虚幌，双照泪痕干。

11 月 16 日

至德元年（756）秋天，安史之乱方殷。杜甫把家眷安顿在鄜州，自己想到灵武（在今宁夏，黄河东岸，现由银川市代管）去投奔唐肃宗。途中不幸被乱军抓住，带回长安。这就是本篇的背景。全篇构思非常巧妙，不单说自己，也不单说对方：首联、颈联写的是想象中的妻子。她独自承担着忧虑与思念，在雾露朦胧的秋夜里看着月亮，浑身被寒色笼罩。颔联、尾联写的却是自己，想念不解事的儿女，也想念经历了忧惧的她；想和她站在一起，让月光抚去脸上的泪痕。

这首诗极其动人。说不懂事的孩子们，根本不知道爸爸遭遇了什么，也不可能在月光里思念长安，这是一种残酷的真实。可加上"遥怜"二字，说自己这位老父亲，明知如此，也还是远远地牵挂着孩子们，这残酷便立刻变得慈悲了。说"双照泪痕干"，在那时当然只是个愿望，不过包含着许多意蕴。譬如理解。他相信妻子在独自看月的时候一定难过而无助，否则何以有泪痕？譬如希望。在乱世里，最难实现，却也最难放弃的，正是这一点微末的光芒。

清·袁江·山水人物图册·三

明月下，栏杆前，一对小人儿相见了。"双照泪痕干"。

杂曲歌辞

唐·刘禹锡

城西门前滟滪堆，

年年波浪不能摧。

懊恼人心不如石，

少时东去复西来。

　　刘禹锡曾在夔州为官，那也是杜甫生活过的地方。滟滪堆就在城门外，是朝朝暮暮都能看见的风景。乱石坚固，波浪不能使它摧折。可是人却不像石头那样坚定，在很短的时间里就会改变想法。

　　有些诗写风景，只是为了写风景。有些诗却是要借着它们来刻画人心。

◆ 滟滪堆：长江瞿塘峡口的险滩，在奉节县以东，是历代诗词歌咏过的长江名胜，但为了拓宽长江航道，已于 1958 年炸除。残石收藏在重庆的三峡博物馆。

清·石涛·山水册·四

　　江流中间的巨石，便是画家想象中的滟滪堆。

芙蓉楼送辛渐

唐·王昌龄

寒雨连江夜入吴,

平明送客楚山孤。

洛阳亲友如相问,

一片冰心在玉壶。

11 月 18 日

　　此诗大约作于开元二十九年(741)以后。当时王昌龄任江宁丞,而辛渐正要离开南方回到洛阳。说是送人,其实都在剖白自己,托对方带话:如果洛阳的亲友问起我,请告诉他们,我心依旧冰清玉洁。

　　读唐诗,要掌握一点儿历史地理。芙蓉楼所在的江东一带,曾是吴、楚先后统治的地区。所以雨点能够"入吴",送客的行人又望见了"楚山"。大诗人从不浪费字眼,把吴楚二字写进诗句,既能够增添古意,也是为题目造势:楼上送客,所见必定广远,因此吴楚大地都在眼中。

　　若论格调,本篇固然超出尘外;可多读些作品就会知道,这种把话头绕回自己身上的写作手法,并不新鲜。

◆ 芙蓉楼:在今江苏省镇江市西北。

元·赵原·晴川送客图轴

高山下，流水旁。行人在船，送者在岸。原来在元人笔下，这些明清时期习见的送客图元素，已经使用得如此纯熟。

城外

唐·李商隐

露寒风定不无情，

临水当山又隔城。

未必明时胜蚌蛤，

一生长共月亏盈。

　　我们学习过很多严格扣题的作品，因为"扣题"正是好诗的得分项之一。此篇却是截然不同的一类作品，它说明：有些题目很可能是信手拈来。也许根本无心拟题，也许故意要遮掩真实的主题。将来，读者们若能学习一些文献学知识，还将知道：许多唐诗的题目，都已在文集编撰过程中经过复杂的改变，当我们讨论"点题"的时候，不要总觉得理所当然。

　　城外有月光。它黯淡、遥远、不可捉摸，让人徘徊惆怅。可是转念想想，就算月亮圆了，也未必就有珍珠般的亮泽，更不能像它一样永远浑圆明净。人的一生起起落落，从来不可能永远圆满，也正如这月亮，总是暂满还亏。

　　忧愁多思，而不离于美。李商隐几乎是天生的诗人。

◆ 蚌蛤：即蚌。这里指蚌壳里的珍珠。

清·余集·梅下赏月图轴

　　这是一张好画儿。设色清秀，构图简
净，余味悠长。梅花几乎还没有开，画中
人负手望月，留给我们一个背影。他在想
什么呢？

远山

唐·吴融

隐隐隔千里，

巍巍知几重。

平时未能去，

梦断一声钟。

　　面对的诗篇越小，越要尝试理解其中的每一个意象，因为它们承担的表意功能特别重。在这首诗里，最需要注意的就是钟声。深山中有寺庙，晨钟暮鼓，所以诗人能听见它。

　　这声音使他感到苦恼。那座山近在眼前，其实不知多高，又不知多远。那钟声每一天都在提醒他：无数次打算远行，都因为诸事繁杂而搁置了计划，居然一直没有出门离家进山去。

明·顾正谊·山水图轴

　　群山巍巍，屋子远在右上，可小人儿分明在左下，正拄着杖过小桥。一定要像画中人一样，勇敢地抛下俗事，迈出家门，走进自然。

自巩洛舟行入黄河即事寄府县僚友

唐·韦应物

夹水苍山路向东，东南山豁大河通。

寒树依微远天外，夕阳明灭乱流中。

孤村几岁临伊岸，一雁初晴下朔风。

为报洛桥游宦侣，扁舟不系与心同。

11月21日

题目告诉我们，小舟本在小河中，一下子落进黄河里。观察事物的参照系陡然变了，视野放宽，眼眸豁然。河道宽了，岸上的树变远了。河流湍急，水里的夕阳影子乱了。伊水岸边的村子，不知已经存在了多久。一只孤雁在晴冷天里逆风低飞下去。

题目还说，诗是寄给同僚们的。所以最末两句，对着他们喊话：这颗心早已无所挂碍，不在乎官位高下，也不在乎做官的日子了。就像这叶小船不系缆绳。

三天前曾经讲过，《芙蓉楼送辛渐》的写作手法并不特别。读一读"为报洛桥游宦侣，扁舟不系与心同"，再想想"洛阳亲友如相问，一片冰心在玉壶"。读者可能明白其间的异曲同工之处？

◆ 巩洛：古代巩、洛都是地名，在今河南洛阳一带。这里当指洛河，至巩县（今巩义市）汇入黄河。

明·钱榖·山水扇页

　　诗意图不拘形式。即使是一面小小的扇页，也能画出尺幅千里之感。黄昏了，水上雾气迷蒙，树叶染上微黄，远山是一抹似有似无的蓝。画面右端的题字，用了篆书。仔细看看，不正是'寒树依微远天外，夕阳明灭乱流中"吗?

十一月二十一日

初候，虹藏不见。

彩虹不再出来了。毕竟，在北方，这时已是雪的世界。没有雨，也就不会有彩虹。

二候，天气上升，地气下降。

古人相信天的属性为阳，地的属性为阴。阳气上升，阴气沉降。严寒低垂如幕，万物几乎不再生长。

三候，闭塞而成冬。

阴阳之气几乎不再流动，万物闭塞，成了真正的冬天。诗人忙忙碌碌，若非冲风冒雪，赶着在岁暮时还乡，就是穿得厚厚的，在火炉边烤芋头，再不然，也许会厌倦日复一日的『上班』，羡慕江上渔翁，能够『独钓寒江雪』。

惊雪

唐·陆畅

怪得北风急，

前庭如月辉。

天人宁许巧，

剪水作花飞。

11月22日　小雪

　　小雪节气到了。北风带来新雪，它明亮皎洁，如月光一般，照亮了庭院。"造物主竟有如此巧思，水到了它手里，也能被剪成漫天飞花"。

　　这想法天真又喜悦。保留天真，是成为诗人的秘诀之一。

明·杜琼·南村别墅图册·十

　　画中有一片前庭。它已经被白雪覆盖，一片晶莹"如月辉"了。

偶诗·其五

唐·司空图

中宵茶鼎沸时惊，

正是寒窗竹雪明。

甘得寂寥能到老，

一生心地亦应平。

　　深夜里被茶沸之声惊起，眼前一片明亮，才知道雪已经落在了竹枝上。人在屋中，雪从天降，世界孤清而平和。

　　如果诗人自己没有讲，通常不必从作品中强行"提炼"出大道理来，那往往只是些"作者未必然，而读者不必不然"的发散感受罢了。可这一天，作者讲了，我们便要好好倾听。这句话非常平静，听着雪声度过深夜的人，确实说得出来：如果甘心一生耐受寂寞，相应地，平静和乐的心态也会久久相随。

明·邵弥·山水人物图册·八

　　雪山下，群树间，柴门中，小人儿静静坐着，仰首望着。世界里只有他一个人。

后出塞五首·其二

唐·杜甫

朝进东门营，暮上河阳桥。

落日照大旗，马鸣风萧萧。

平沙列万幕，部伍各见招。

中天悬明月，令严夜寂寥。

悲笳数声动，壮士惨不骄。

借问大将谁，恐是霍嫖姚。

11 月 24 日

　　《后出塞》组诗，应作于天宝十四年（755）冬，那正是安史之乱前夕。五首诗以一个士兵的视角，描绘从少年参军到垂老归来的过程。

　　这是第二首。兵士才刚刚入伍，所见如下：部队精锐，早上从洛阳出发，晚上已到了黄河边；纪律严明，入夜各归帐幕，寂然无声；气氛肃杀，黄昏马鸣，深夜悲笳。他以为自己遇到了一位像霍去病那样极富才能的将领。

　　可惜，如果大家完整地读过这五首诗，就将知道，它们的诗笔很精细，诗意则很悲哀。杜甫是想说：一代人的生命，因穷兵黩武而白白耗尽。

◆ 部伍：部曲、行伍。这句话是说，每个部伍都有自己的帐幕，所以每部都召回自己的士兵。

◆ 霍嫖姚：汉代名将霍去病，曾任嫖姚校尉。

清·徐方·出征图页

"落日照大旗，马鸣风萧萧"的战争场面，古画中并不多见，万幸我们还能遇见这一幅诗意图。

问刘十九

唐 · 白居易

绿蚁新醅酒，红泥小火炉。

晚来天欲雪，能饮一杯无。

　　古人作对子，很爱以红配绿。有时是真实的，譬如"山横翠后千重绿，蜡想歌时一烬红"。有时不是：绿蚁只是酒渣，红泥也只是陶土的颜色。它们本来并不鲜明。如此设置，只是为了在阴沉沉的冬日里，增加一些亮色和暖意。

　　即使大诗人都有远超寻常的敏锐，可要穿越时空，打动每一代读者，永远需要向普通人的日常生活投降。暖色调带来的温馨是好的。粗炉子和没筛净的酒，是家常的。热点儿酒，看看天色，招呼朋友来喝一杯，是我们都愿意做的。于是这首诗才响彻千年，成了名篇。

◆ 绿蚁：新酿的酒还未滤清时，酒面浮绿渣，细如蚁。

◆ 醅 [pēi]：未滤过的酒。

明·邵弥·山水人物图册·十

　　密雪覆盖的小屋中，两人对坐。仔细看，他们中间不正是一只红泥小火炉？

霜月

唐·李商隐

初闻征雁已无蝉，百尺楼高水接天。

青女素娥俱耐冷，月中霜里斗婵娟。

11月26日

　　青女管霜雪，嫦娥住在月亮里。诗题《霜月》，分明兼顾两端。深秋的夜晚是个竞技场，她们在比谁更美。我们因此可以想象，那个夜晚的月色和霜色一定都很浓。水浸在霜色里，天空笼罩在月光下。"百尺楼高水接天"，意味着整个世界一片莹白。

　　这首诗延续了李商隐一贯托深意于微婉的风格，又因篇幅短小，弦外之音格外难猜。旧时的评论家提示我们，读诗要从对面索解。既然"青女素娥俱耐冷"，谁不耐冷呢？当然是独上高楼的作者。我们不知道，他所不耐的"冷"，是气温，还是世故人情？

◆ 青女：神话中主管霜雪的女神，在诗歌中常作为霜的象征。
◆ 素娥：嫦娥。
◆ 婵娟：美好的姿容。

明·崔子忠·云中玉女图轴

崔子忠是明代著名的人物画家，与陈洪绶齐名，虽然两人风格迥异，却各有奇趣。本幅构图便不循常理，飘然有仙气。玉女腾云行空，远在红尘之上，俯视下界。她穿得可少了，白衣飘飘，当真是一位耐冷的"婵娟"。

对雪献从兄虞城宰

唐·李白

昨夜梁园里，弟寒兄不知。

庭前看玉树，肠断忆连枝。

梁园在今河南商丘，原来是汉代梁孝王的游赏之地，至晋代，谢惠连又在这里作了《雪赋》。选择在这里写"对雪"的主题，是因为诗人深谙历史典故，而不是巧合。

李白对堂兄说，下雪了，昨晚好冷啊，但你却不知道。他又说，起来看看庭前的树，不免有点想你呢。现在，请大家学着"从对面索解"，猜一猜他没说的话。

也许是：梁园和虞城这么近，你那儿也下雪了吗？你也一样很冷吧？

◆ 从兄：堂兄。
◆ 虞城：今河南虞城县，属商丘市辖。
◆ 连枝：两树的枝条连生在一起，喻同胞兄弟姐妹。

清·上睿·为友梅作行乐图·三

　　画中人真的很冷。他在一片银白的世界里缩手缩脚，童儿正在帮忙点燃炭火盆。

洛中送韩七中丞之吴兴口号五首之一

唐·刘禹锡

昔年意气结群英，几度朝回一字行。

海北江南零落尽，两人相见洛阳城。

11月28日

  读过《玄都观桃花》《秋词》等作品，我们已经稍稍了解刘禹锡。他很硬气，倔强而不肯服输。即使作送别诗，也毫无衰飒之气。诗题里的韩七中丞名叫韩泰。他和刘禹锡共同经历了永贞革新的失败，在朝堂上受到打压，各自遭遇了贬谪。此诗作于大和元年（827），当时刘氏为主客郎中，分司东都，故而人在洛阳。而韩泰则由长安赴吴兴任职，路过那里。所以，"两人相见洛阳城"，是命运驱使下的偶然。

  前两句回忆往昔，说当年结交了一群意气相投的朋友，大家下了朝一起回家；后两句落到现在，说朋友们遭遇政敌的打压，如今天南海北，各自零落。诗意很简单，文字也不特别。它好在第三句的转折，如高山飞瀑，深邃而急遽，带着无尽的沉痛；第四句的承接，极其平淡轻缓，却满怀劫后余生的哀感，蕴藏着对于命运的感知。

◆ 吴兴：今浙江湖州。
◆ 口号：古诗标题用语。即不用笔墨，不加推敲，信手拈来的诗。

清·汪士慎·山水图册·八

　　落寞的秋天里，萧条的枯树下，两人相遇了。他们率然席地而坐——只有老朋友才能这样不拘小节。

自遣诗三十首·其一

唐·陆龟蒙

五年重别旧山村，树有交柯犊有孙。

更感卞峰颜色好，晓云才散便当门。

11月29日

　　陆龟蒙是晚唐诗人，家在苏州吴江。《自遣诗》共三十首，这是开篇第一首。当时他刚刚抱病回到阔别五年的家园。树长大了，牛变老了。有谁迎接他呢？只有远处那座青翠欲滴的卞山，一大清早就殷勤地出现在眼前。

　　从前讲过，怀古诗着重描写"变"与"不变"两端。其实，不管尺度如何，凡是涉及时间的话题，都可以从这个角度来刻画。五年时间，山峦如旧，动植物都变了。对于一个归家的人来说，这段时间已经足够长。

◆ 卞峰：即卞山，在吴兴（今浙江湖州）西北八十里。刘禹锡送走的"韩七中丞"赴任之后，应该也能见到这座山峰。

元·王蒙·青卞隐居图轴

画中的山正是诗里的山。画中的人，正要进这山中去隐居。

十一月二十九日

汴河阻冻

唐·杜牧

千里长河初冻时，

玉珂瑶佩响参差。

浮生却似冰底水，

日夜东流人不知。

11 月 30 日

　　大多数人熟悉的杜牧，是个风流倜傥的中年人；而在人们不太熟知的另一面，杜牧则是个沉痛哀愁的失意者，总在努力与无意义的人生相抗。这首诗大约作于大中二年（848），当时他正要从睦州刺史任上回京，改任司勋员外郎。

　　自从孔子在河流上说过"逝者如斯夫，不舍昼夜"，流水就总是让人惆怅。在唐代，行旅还是非常辛苦的事。日复一日，风尘仆仆。这天，杜牧来到了汴河边，却因为河流结了冰，一时渡不过去，只能在岸边看着流水沉思。冰已初结，河水在冰面下流淌；人生光阴也有如河水，在注意不到的时候匆匆溜走了。

　　这是一个很沉痛的感悟。它来自普通人的日常生活经验，所以能穿越时空，打动许多人。

◆ 阻冻：因河水封冻而无法渡河。
◆ 玉珂、瑶佩：都是玉饰，这里形容刚刚上冻的河冰，还没能连成一片，被流水激荡起来，发出玉石相撞般清脆的响声。

（传）宋·马远·荻岸停舟图页

　　船儿不能走了。眼前一湾空阔的流水，波平浪静；人生如潜流，暗自奔腾。

送魏二

唐·王昌龄

醉别江楼橘柚香，

江风引雨入舟凉。

忆君遥在潇湘月，

愁听清猿梦里长。

12月1日

　　初学者眼中的唐诗，是一篇篇的名作。有了一定积累，就会知道，篇章与篇章连在一起，便会形成一个个诗人的网络。许多诗人生活在同一片时空里，便是诗歌发展史上的一个时段。《送魏二》是一个名篇，作于王昌龄任龙标尉时——也就是李白听说他贬官，挥笔写出"闻道龙标过五溪"之后。

　　李白送王昌龄，是在暮春；王昌龄送魏二，则是在深秋初冬。巧得很，两首诗都从季节风物说起，并于次句引出行人。至诗的后半篇，大家各有各的手法。王昌龄巧妙地想象两地天气不同。送行之处，江风引雨；可行人所到之处，只有明月与清猿。

宋·佚名·香实垂金图页

　　古代中国栽培柑橘科植物的历史颇为悠久。"橘柚香"，是古人们熟悉的清芬。

孤雁

唐·杜甫

孤雁不饮啄，飞鸣声念群。

谁怜一片影，相失万重云。

望尽似犹见，哀多如更闻。

野鸦无意绪，鸣噪自纷纷。

天上有一只孤雁，不吃不喝，努力飞翔。那一个小小的影子，与大部队失散了，已经相隔万重云。杜甫一直看着它飞，听着它叫，盼着它归队，也从它身上看见了自己的命运。它飞走了，一群乌鸦还在鸣噪。它们又有什么值得快乐的呢？

此诗约作于唐代宗大历初年，当时杜甫寄居夔州。旧说有两种，一种认为诗里寄托了"君子寡而小人多"的寓意，另一种认为杜甫就是那只孤雁，他孑然飘零着，在想念兄弟亲人。

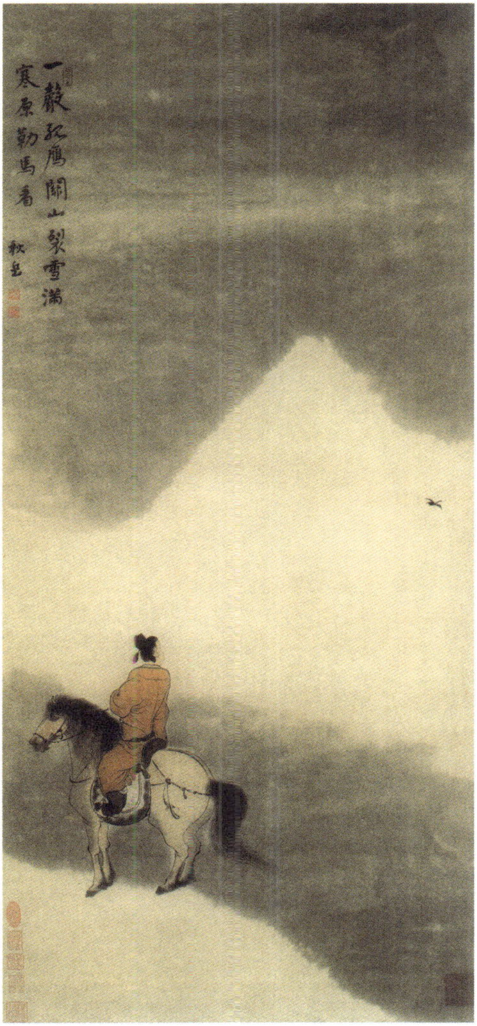

清·华喦·关山勒马图轴

一只大雁飞走了，一个孤独的人在目送它。

十二月二日

重送绝句

绝艺如君天下少，闲人似我世间无。

别后竹窗风雪夜，一灯明暗覆吴图。

12 月 3 日

　　这首诗必定是送与一位棋艺高超的朋友的。他已经走了，杜牧还沉浸在双方交手的兴奋之中。他独自一人在风雪之夜对着棋盘，琢磨着两人手谈的过程。这几局棋也许是下得很过瘾，以至于无暇体会离愁。

　　但，另一种可能是借着棋局打发漫漫寒夜，遣散友人离去后的孤清。

◆ 覆：指复盘，即重现双方交手的过程。

◆ 吴图：围棋的别称。敦煌出土的《棋经》记录了三国东吴时期的棋局，称为"吴图二十四盘"，故有此称。

元·佚名·雪竹图轴

　　"竹窗风雪夜"，是谁来过，陪诗人对弈；又离去，
留下他自己？

和袭美初冬偶作

唐·陆龟蒙

桐下空阶叠绿钱，

貂裘初绽拥高眠。

小炉低幌还遮掩，

酒滴灰香似去年。

12月4日

即使生活充满了偶然，总有某些片刻令人觉得似曾相识。这种感觉普遍存在于人类世界中，甚至还有一个法语专门词"Déjà vu"指向它——直译为"曾经看过"。脑科学学者与心理学学者都讨论过这个现象。

在诗人的世界里，这种感觉少了几许玄妙，而多了几分惆怅和温馨：又是冬天了，梧桐落尽，天气寒凉。厚衣服再度上身，暖炉与重帷又一次派上用场。酒的滋味，香的气息，一切都如此熟悉，可时光已经静静走过一轮。

◆ 袭美：晚唐诗人皮日休的字，他与陆龟蒙并称"皮陆"。

清·樊圻·山水图册·一

"桐下空阶叠绿钱"。小人儿深居室内，画面平静，设色浅淡，居然带点儿哀愁。

前出塞九首·其七

唐·杜甫

驱马天雨雪，军行入高山。

径危抱寒石，指落曾冰间。

已去汉月远，何时筑城还。

浮云暮南征，可望不可攀。

12月5日

　　据清代学者分析，《前出塞》组诗，都是为天宝末年的哥舒翰而作。他是西域人，唐朝名将，率部与吐蕃相抗，屡获大胜。但一则连年用兵，国力民心皆多耗损；二则天下兵权皆在一人之手，导致政局不稳，为后来的安史之乱埋下了隐忧。

　　兵士不但要作战，还要在边境建造防御工事。北方苦寒之地，抱石筑城，手指甚至会因冻伤而掉落。离乡愈远愈久，厌倦和痛苦就愈深。天边的云朵尚且能够向南飘去，可人只能徒然瞻望它，无法乘着它，飘回家乡。

◆ 雨雪：下雪。
◆ 曾：同"层"。
◆ 汉月：故国家乡的岁月。

雲過樹巔痕乍見
翠微濕初從淒淒來
又向丹崖入
米仲兒
雲山圖

清·恽寿平·山水图册·三

　　那些飘飘荡荡的云朵啊，无法带着行役的人回家去，甚至都无法载走他的忧愁。

送李侍郎赴常州

唐·贾至

雪晴云散北风寒，

楚水吴山道路难。

今日送君须尽醉，

明朝相忆路漫漫。

唐诗写到江东一带，常常吴楚并称，一如写到浙江，也会同时说到吴越两国。这是唐人的历史地理知识决定的。这里说的"楚水吴山"，不仅指常州一地，还带出一种空间广阔、行路悠远之感，故此才有今日尽醉的祝愿。

一年的唐诗之旅快结束了，相信大家应该都学会了触类旁通。"寒雨连江夜入吴，平明送客楚山孤"，手法全然相同。不是吗？

宋·郭熙·雪山行旅图轴

画中雪山高耸，左侧一小群人，正要走到亭子里去歇歇脚；右侧有个小人儿，已经独自走上了桥。寒天行旅是如此辛苦，处处北风寒，道路难。

大雪

初候，鹖旦不鸣。

最冷的时候，藏着春回大地的希望。寒号鸟感受到阳气萌动，它不再叫了。

二候，虎始交。

老虎也在阳气感召下开始了交配。这个观察与实况相符。一般认为，老虎的繁殖不受季节限制，可确实在严冬至早春间较为频繁。

三候，荔挺出。

这里的荔并非荔枝，而是名叫马蔺的植物。它在此时开始生长。

逢雪宿芙蓉山主人

唐·刘长卿

日暮苍山远，天寒白屋贫。

柴门闻犬吠，风雪夜归人。

寥寥二十字，一句一景，似断实连，合在一起又更丰富。日暮、苍山，有颜色，灰白与金红相映；天寒、风雪，有温度，冰冷无比；夜中犬吠，是声音，搅破岑寂；白屋，是归人的落脚之地，再贫穷也亲切。

小中见大，本领绝佳。

清・王翚・小中现大图册・八

　　苍山风雪之中，行人骑马，童仆挑箱。他的家在画面右上方，也被白雪覆盖。仔细看，房前正有一道半开的柴门。

送杜少府之任蜀州

唐·王勃

城阙辅三秦，风烟望五津。

与君离别意，同是宦游人。

海内存知己，天涯若比邻。

无为在歧路，儿女共沾巾。

12月8日

　　这首诗，好得让人难以解释。因为它不像杜甫的诗那样，需要读者先学习许多典故，在"经典"的丛林里穿梭。它高贵又简单；而它的高贵，离不开简单。

　　从长安到蜀中，关山千里，只在一句中解决。点完题，便开始说心里话：分别的情绪，你我都一样。同是宦海浮沉者，甘苦尽在不言中——那么何必再说呢？打住吧。既然我们能够互相理解，隔得远些又怎么样呢？就算人各天涯，心还在一起。岔路口哭哭啼啼，那是青年男女的做派。成年人，犯不着。

　　高贵，在于作者对彼此未知的命运一片坦然。简单，说明他们真正知心。"海内存知己，天涯若比邻"，是唐诗中最好的流水对之一。此外，首联、颈联对仗而颔联不对，又是"偷春格"。

◆ 少府：唐代对县尉的通称。

明·沈周·京江送别图卷（局部）

　　船上的人与岸上的人互相作着揖，他们刚刚结束了一场分别。

宾至

唐·杜甫

患气经时久，临江卜宅新。

喧卑方避俗，疏快颇宜人。

有客过茅宇，呼儿正葛巾。

自锄稀菜甲，小摘为情亲。

　　这大约是上元元年（760），杜甫在成都草堂时所作的诗。那里很舒朗，不吵闹，地势也高，是个好地方。客人来访，他还生着病，急忙让孩子帮着理好头巾，又赶紧跑到地里，摘些亲自耕种的菜苗，送给亲爱的朋友——或者立刻拿去炒一盘菜吃。

　　诗不必一定伟大。质朴和温暖，也很宝贵，令人珍惜。

◆ 患气：患呼吸道疾病。
◆ 喧卑：喧闹，低下，借指人世间。读诗不能逐字理解，而需要结合上下文推断语义。这句是说草堂的位置正好避过了俗世里的"喧"与"卑"，而不是说屋子建筑在人声鼎沸的低地上。否则，就与下句的"疏快颇宜人"意境不合了。
◆ 正葛巾：把葛布做的头巾整理好。
◆ 菜甲：菜初生的叶芽。
◆ 小摘：随意采摘。

明·沈周·菜图轴

"一颗大菜正抽芽"。

君不来

唐·方干

远路东西欲问谁，寒来无处寄寒衣。

去时初种庭前树，树已胜巢人未归。

12 月 10 日

　　诗题《君不来》，已概括了全篇的内容。作者以一位思妇的口气，抱怨她的丈夫久久不归。这"口气"，是从何判断的呢？同样需要对古诗的世界有几分熟悉。读过许多以捣衣为主题的作品后，我们便能知道："寄寒衣"这个动作，常常是妻子对丈夫做的。

　　诗里的人很悲哀。天地茫茫，不知道丈夫在哪里。天气已冷，衣服无从寄予。她看着他走时种下的树，到如今早已长得够大，鸟儿都可以上去做窝了，可他还没有回家。

　　树的寿命比人长，且它从出生开始，就扎根在同一个地方。于是，从《诗经》的年代起，人们就常通过描写树木成长的变化过程，来反衬人生的短暂与颠沛。这是一个漫长的文学传统。

清·龚贤·树景山水册·三

在中国古代山水画中，树的比重非常大。因此画家们非常重视练习画树的技巧。传世明清画作中，有相当一批以画树为主的作品，可视为他们普遍的追求。龚贤的作品往往喜用浓墨，可这套树景画得清透可爱。对大画家和大诗人来说，"风格"，有时是一种选择。

图中的密林，当然"胜巢"啦。

望蓟门

唐·祖咏

燕台一去客心惊，笳鼓喧喧汉将营。

万里寒光生积雪，三边曙色动危旌。

沙场烽火侵胡月，海畔云山拥蓟城。

少小虽非投笔吏，论功还欲请长缨。

12 月 11 日

　　投笔，请缨，都是汉代典故。前者是说班超曾为抄胥，后来投笔从戎；后者是说终军年少，请缨南征。借汉朝人物与故事写本朝现实，是唐诗常用的手法。还记得六月初所读的"温泉流入汉离宫"吗？

　　唐代的行政区划，最初为道、州、县三级。唐太宗分天下为十道，其中河北道，"并于海南，迫于河西，距太行山北，通渝关、蓟门"。祖咏生卒年不详，但确知为盛唐时人，亲历过唐玄宗开元天宝时代。当他来到这里的时候，蓟门一带已经是守备奚、契丹两部的重镇了。他看到了整饬的军容，甚至也"看"到了更远处的沙场与边疆。积雪、晴光、烽火、月色，诸般景象变幻又交织，使他满怀振奋，也想尽自己的力量，守卫中原。

　　可惜他仕途坎坷，晚年隐逸而终。豪情壮志空系笔端，请缨作战终是虚语。

◆ 燕台：原为燕昭王所铸的黄金台，这里泛指燕地。
◆ 三边：泛指边境、边疆。
◆ 危旌：高扬的旗帜。危，高耸。

清·张若澄·燕山八景图册·蓟门烟树

如同燕台一样，蓟门的准确地址早已不可考证了。但人们的思古之情总要有落脚处，于是有了"燕山八景"。乾隆皇帝曾经亲自命名为：琼岛春荫、太液秋风、玉泉趵突、西山晴雪、蓟门烟树、卢沟晓月、金台夕照、居庸叠翠。

张若澄奉帝命绘制了这套册页。画中空间旷朗，草树低平，大约这便是乾隆心中的蓟门。

华清宫

唐·吴融

四郊飞雪暗云端，唯此宫中落旋干。

绿树碧檐相掩映，无人知道外边寒。

12月12日

　　下雪了。不分贵贱高下，人人都要领受同一份寒冷。然而华清宫内有温泉，地气偏暖，周围根本积不起雪来。严冬时分，这里的树依然与屋檐上的瓦一样碧绿。在这里居住的帝王与贵人们，有谁能知道外边究竟有多冷？如果根本不知道，又谈何推己及人？

　　这是一首怀古诗，而这是一首咏史诗。千万莫把作者饱含酸辛的讽刺，当成平平常常的陈述句，轻易放过。

（传）唐·李思训·京畿瑞雪图页

　　"绿树碧檐相掩映"，宫殿积雪，竟不减富丽堂皇。

　　在通常的观念里，李思训是唐代最重要的青绿山水画家。从山石树木与宫殿的位置关系来看，这幅画的风格显然与宋元以来的主流山水画大有区别，它应该有较早的图式来源。因此，后代收藏者相信那是李思训的作品；但我们要诚实一点，坦白说它真正的作者不可知。

十一月中旬至扶风界见梅花

唐·李商隐

匝路亭亭艳，非时裛裛香。

素娥惟与月，青女不饶霜。

赠远虚盈手，伤离适断肠。

为谁成早秀，不待作年芳。

12 月 13 日

公历十二月，即农历十一月。陕西的梅花不应该这么早开，所以是"非时"的"早秀"。花开早了，不免经受风霜，只有月色相伴。用它赠给朋友，却嫌相隔太远；对着它叹息离别，徒惹烦恼。伤心人别有怀抱，李商隐不禁发问，早梅究竟是为了谁等不到春天就早早开放？这是个寄意深远的问题。如果引申一番，也许他是在问：人心是为什么而有所期待？即使提早开始期待，却仍然等不到回音。

读这首诗，应该注意到"素娥"和"青女"两个词。回想十一月二十六日学习的《霜月》，这两个典故实在不陌生。而在此处，它们的比喻用法也与前诗相同，可见再伟大的诗人，也无法永远保持新鲜。

通读一位诗人的全集，注意观察他在句法、用典等方面的习惯，是个很有益的训练。也许这正是从欣赏者变为研究者的契机。

◆ 裛 [yì]：古通"浥"。裛裛，香气袭人的样子。

明·谢时臣·折梅图扇页

两个童儿一起努力折梅枝，士人靠在树上，瞧着他们。

早花

唐·杜甫

西京安稳未，不见一人来。

腊日巴江曲，山花已自开。

盈盈当雪杏，艳艳待春梅。

直苦风尘暗，谁忧容鬓催。

12 月 14 日

同样是在冬天里见到花开，杜甫有另外一些感受。这是一首独特的五言律诗，首联、颔联不对，颈联、尾联却严格对仗，称为"藏春格"。旧注以为当作于广德元年（763）。当时吐蕃入侵，代宗出奔至陕州（今河南三门峡市陕州区），直至岁暮才回到京城。

诗意曲折而动人。腊月里山花都开了，胜利的消息迟迟未来，都怪这花开得太早；新的花季里，人又衰老了一点儿，按常理是可哀的。可是，与风尘和战火比起来，谁还会在意衰老呢？它已经不值得担忧。

◆ 西京：指长安。天宝二年（743）、上元二年（761），曾两度将长安命名为西京。
◆ 腊日：古时腊祭之日，按古代干支纪日法，是冬至后第三个戊日。但至迟到南北朝时期，已经固定为农历十二月初八日。
◆ 直：但，特。

明·陈洪绶·杂画册·十一

"腊日巴江曲，山花已自开"。江水边是一片灰扑扑的山石和树影，可有一株新藤，冒出了绿叶，开着红花。

夜期友生不至

唐·姚合

忍寒停酒待君来,

酒作凌澌火作灰。

半夜出门重立望,

月明先自下高台。

12 月 15 日

　　寒夜等人,明明有炉火、有酒,却想着要和对方一同分享,不舍得独自享受。等啊等啊,酒都冻上了,炉火也都化成了灰。好在作者温柔敦厚,他承担着寂寞,抱着希望,特地走到门外张望一番。可惜只看见一轮明月渐渐西沉,移下了高台。

　　时间流逝,在小诗里划过三道痕迹。酒冰了,炉火熄了,月亮沉了。"友生不至",就算题目没有明说,也足以推断出来。

◆ 期:邀约。

◆ 友生:朋友。

◆ 凌澌:冰。

清·高翔·山水图册·四

　一轮明月，一座空屋，一片平台。

穷冬曲江闲步

唐·裴夷直

雪尽南坡雁北飞，

草根春意胜春晖。

曲江永日无人到，

独绕寒池又独归。

  做个诗人，至少要有一双慧眼。雪化了、雁飞了，都是陈词滥调；地表草根萌动，却能叫读者大为欢喜，因为这正是春天临近的消息。

  要怎样锻炼这双慧眼呢？出门走走，到处望望，信手写写，不要觉得无聊。

◆ 穷冬：隆冬，深冬。
◆ 曲江：指今江苏省扬州市南长江的一段。

明·周臣·踏雪行吟图轴

　　行吟的小人儿十分得意，他微微抬着头，迎着风，衣带、发带、胡子一块儿飘扬起来。

左迁至蓝关示侄孙湘

唐·韩愈

一封朝奏九重天，夕贬潮州路八千。

欲为圣朝除弊事，肯将衰朽惜残年。

云横秦岭家何在，雪拥蓝关马不前。

知汝远来应有意，好收吾骨瘴江边。

12月17日

这首诗有重要的历史背景。元和十四年（819），唐宪宗想把法门寺佛塔中的佛骨迎入宫中供养三日。韩愈上奏进谏，坚持帝王不可事佛求福的态度。宪宗震怒，将他贬为潮州刺史。全篇皆从实事出发，并无修饰。秦岭、蓝关，是其实际经过的地方。远来相送的侄孙，是真的送到了那里。"好收吾骨"，亦是真正的嘱托。

文字如此朴拙，究竟好在哪儿呢？在一股绝不肯泄的倔强劲儿上。贬就贬，反正残年无甚可恋。死就死，反正有人来收葬。坚信自己没有错，为自己做过的事情负责。这正是一个官员的品格。

六月十日、七月十六日，读过《盆池》组诗中的两首。它们与本篇有着同一个作者。那个"汲水埋盆作小池"的老顽童，如今成了一位勇决的士大夫。人是复杂多面的。有时，人的魅力，也正是在这复杂性之中。

明·戴进·雪景山水图轴

　　天气苦寒，道阻且长，人生实难。许多人
戴着雪笠，骑着马，各自要进入关门。在这一
道关背后，画面高处，还有另两座关隘。可是
个人的命运，总是要独立承担。

明月夜留别

唐·李冶

离人无语月无声，

明月有光人有情。

别后相思人似月，

云间水上到层城。

　　李冶是著名的女诗人，可惜其诗集没有流传下来。不过，仅凭这一名篇，也能推想她的才华了。她觉得月亮和眼下的离人一样，说不出话儿，但脉脉含情。那朗照人间的月光，就是无远弗届的思念。

　　情感与景色之间的联系，是诗人建立的。前人们一直在搭建这样的桥梁。我们走过一座又一座桥，就走进了一个晶莹澄澈的新世界。

明·孙克弘·销闲清课图卷·七（局部）

读诗至今，我们已经知道，诗人和画家多么偏爱明月夜。

寄杭州崔使君

唐·裴夷直

朝下归来只闭关，

羡君高步出人寰。

三年不见尘中事，

满眼江涛送雪山。

　　裴夷直曾经做过中央官僚，下朝回来，满身疲惫，羡慕起了在杭州任职的老朋友。在他的想象里，杭州那样有如仙境的地方，一定吏治清明、公务清闲吧？崔先生远离俗务，度过了三年的闲适岁月，一定每天都能饱看江涛堆雪吧？

　　人总是容易在一种境遇里羡慕另一种境遇，古今不异。把两种生活的差异摆出来，自然成了一首好诗。

清·石涛·山水图册·三

"满眼江涛送雪山"。

宿友人山居寄司徒相公

唐·李建勋

雨雪正霏霏，令人不忆归。

地炉僧坐暖，山枿火声肥。

隔纸烘茶蕊，移铛剥芋衣。

知君在霄汉，此兴得还稀。

12 月 20 日

　　古人冬夜作何消遣？此诗一一描摹。山上砍来树枝，投进火中，与和尚们围坐炉边，就着火烘烤茶芽，移过锅子来剥芋头吃。而这芋头自然也是刚刚烤熟的。于是作者要问他的宰相朋友：你身居高位，公务冗杂，未必能像我这样，无拘无束地过个冬吧？

　　应该意识到，此篇与前篇有着相同的手法，都是把两种生活的差异摆出来，引人遐想。人生的境遇有千万种，有些人身在中央机构，劳碌无休；有些人拿自己的闲散，"刺激"劳碌人。

◆ 相公：即宰相。宰相身居高位，如同高居天上，故言"在霄汉"。

◆ 霏霏：雨水盛貌。

◆ 枿 [niè]：树木截去枝条后新生的芽。这里指柴火。

◆ 铛 [chēng]：锅。

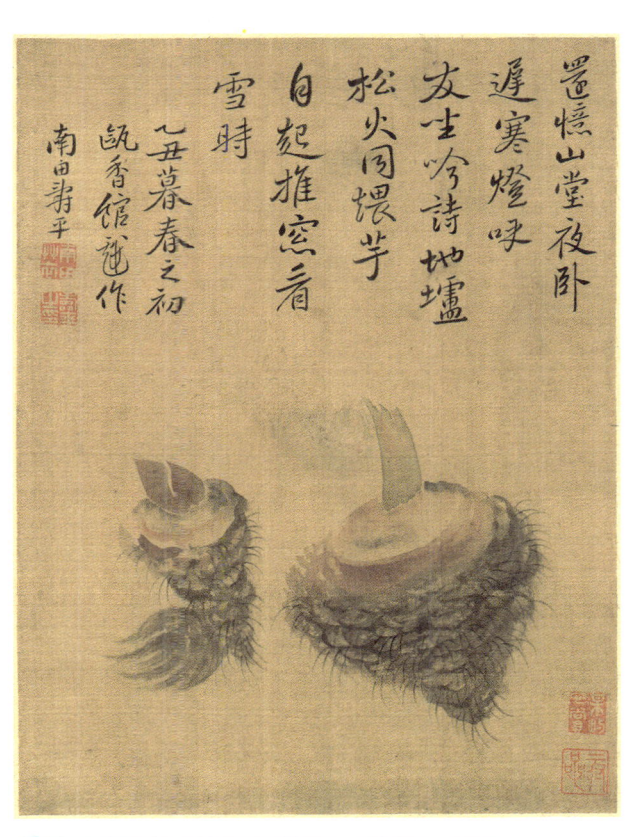

置憶山堂夜卧
遲寒燈呋
友生吟詩地壚
松火同煨芋
自起推窓看
雪時
乙丑暮春之初
甌香館迻作
南田翁平

清·恽寿平·蔬果图册·六

画上是两颗大芋头。大家见过吗?

酬乐天扬州初逢席上见赠

唐·刘禹锡

巴山楚水凄凉地，二十三年弃置身。

怀旧空吟闻笛赋，到乡翻似烂柯人。

沉舟侧畔千帆过，病树前头万木春。

今日听君歌一曲，暂凭杯酒长精神。

12月21日

　　此诗作于唐敬宗宝历二年（826）。自唐顺宗永贞元年（805），刘禹锡诸人参与永贞革新失败被贬，已有二十二年。预计于次年回京，则确为二十三年。在他从和州刺史任满回洛阳的路上，白居易正要从苏州回洛阳。两人相逢于扬州的酒席上。白居易同情他的遭遇，作诗相赠。他便以此诗作为回答。

　　人生有几个二十三年呢？老朋友大多过世了，自己也早已被遗忘了。青年一代纷纷赶上来了。往事已矣，不堪重提，不如饮酒。虽然诗的意思仅仅如此，可作者非常坦诚地接受了命运，也没有徒然对着新朋友，哀叹它多么不公。这已经是极高的涵养和极宽广的胸怀。

◆ 烂柯人：《述异记》中有个故事，说晋人王质入山砍柴，旁观两神仙下棋。棋局未终，斧柄已烂。出山回乡之后，始知百年已过，同辈朋友早已死尽。

人能好事持花飲，花亦要人來醉觀。薄薄韶陽淡淡影，只令微暖一分寒。戊辰初秋新羅眉山人寫於解弢館并題

清·华嵒·春宴图轴

"暂凭杯酒长精神"。

十二月三十一日

小至

唐·杜甫

天时人事日相催，冬至阳生春又来。

刺绣五纹添弱线，吹葭六琯动浮灰。

岸容待腊将舒柳，山意冲寒欲放梅。

云物不殊乡国异，教儿且覆掌中杯。

五纹，犹言五彩。《唐杂录》中说，冬至后，白昼渐长，宫中女工刺绣，每天多绣一根丝线。六琯，是玉做的律管。《汉书》中说，用芦苇烧灰填在律管之中，到某一个节气，某一根律管中的灰就会被风吹走。这两个典故，都紧扣时序，非常恰切。

前四句都在写冬至的节令。绣工添线了，葭管飞灰了。春天以如此精细而轻微的脚步，昭告它即将回来。后四句写风景与心情，眼看柳又将舒，梅也待放，景物一如往年；可是人却身在他乡不得归去，只能又一次满饮杯中酒排遣愁闷。

◆ 小至：冬至前一日。

◆ 云物：景物，景色。

◆ 乡国：家乡。

◆ 覆：满。

明·陈洪绶·扇面册·一

"山意冲寒欲放梅"，小人儿紧紧凑过鼻子嗅了起来。

冬至

初候，蚯蚓結。

冬至，是一年中昼最短、夜最长的时候。从这时起，白日会慢慢变长，古人相信那是阳气在一点点逐渐返回人间。他们以为，阳气未动的时候，蚯蚓头朝下钻土了；感受到阳气，它就扭头向上钻土了，所以此时的蚯蚓看起来纠结成团。

二候，麋角解。

麋鹿感受到阳气，它的角脱落下来。

三候，水泉动。

阳气上升，地下的泉眼渐渐萌动，诗人早就急了，他已经想到了『岸容待腊将舒柳，山意冲寒欲放梅』，想到了下一个就将到来的春天。

冬至

唐·杜甫

年年至日长为客，忽忽穷愁泥杀人。

江上形容吾独老，天边风俗自相亲。

杖藜雪后临丹壑，鸣玉朝来散紫宸。

心折此时无一寸，路迷何处见三秦。

12月23日　冬至

　　诗人们都有自己偏好的主题。杜甫特别关心节序变化，立春、重阳、冬至，往往有诗。又是一年将尽，他仍在夔州，不能回到长安；穷与愁纠缠着他，挥之不去。他觉得自己孤孤单单，在异乡日渐衰老；本地人彼此相亲相爱，共度佳节，却独独抛下了他。

　　他只能拄着拐杖，踏雪登山，殷勤远望；猛然想到此时此刻，正该是长安城里冬至朝会结束的时候。往事与近事，过去与将来，忽然交织在一起，增强了他的痛苦。心都碎了，可家乡远在天边。

◆ 泥 [nì]：纠缠。

◆ 鸣玉：古人在腰间佩带玉饰，行走时使之相击发声，即所谓"君子行则鸣佩玉"，后来也比喻出仕在朝。

◆ 紫宸：官殿名，在长安大明宫。冬至是重要节日，朝廷有大朝会。

明·陈洪绶·隐居十六观图册·十

"杖藜雪后临丹壑"，正是画中景致。

夜雪

唐·白居易

已讶衾枕冷，复见窗户明。

夜深知雪重，时闻折竹声。

制造悬念，是小诗的技法之一。此诗寥寥二十字，都从侧面描摹，一朵雪花也没出现，甚至到第三句的后半部分才点明题目，展现出高超的咏物能力。

"冷"是温度，"明"是亮度。枕头与被子变得格外寒冷，夜里门窗外也有了几分亮光，那是这场雪从无到有的过程，也是诗人的意识渐渐清晰，直到确定发生了什么的过程。谜底解开后，他就再也不能睡着，因为听到了竹子折断的声音。必定是雪太重太沉了，那又是这雪从有到大的过程。

明·徐渭·四时花卉图卷（局部）

　　大艺术家不但有高超的表现能力，也都擅长观察自然。枝枝叶叶都向下垂坠，这才是真正的雪竹姿态。

舟中月明夜闻笛

唐·于鹄

浦里移舟候信风，芦花漠漠夜江空。

更深何处人吹笛，疑是孤吟寒水中。

在近岸水边等候合适的风向，只见江上一片空寂，唯有芦苇结了整片雪白花穗。本来是一个安静的夜晚，却于半夜三更听到水上笛声。真的是笛声吗？诗人也不免恍惚。他猜想：或者是同样寂寞的寒冬夜行人，正在水边徘徊吟诗。

好的诗人，懂得调动读者所有的感官。于宁谧的视觉效果中突然唤起听觉，是以动写静的好方法。

◆ 信风：随时令变化，定期定向而至的风。乘船需要等候合适的风向，此即"候信风"。

宋·梁楷·柳溪卧笛图页

　　梁楷是个极具个性的画家，生卒年不详，性格奇异。他的作品与常见的南宋册页大异其趣。作者用大片的云气、柳荫、草岸和石根，框出了极小一片水面，引我们去看其间的一点儿人物，原来是小人仰卧船中，吹笛自乐。

冬日平泉路晚归

唐·白居易

山路难行日易斜，烟村霜树欲栖鸦。

夜归不到应闲事，热饮三杯即是家。

12月26日

　　诗人各有性情。白居易平淡、沉静，写诗像说话，哀乐都不动声色，和盘托出。有时要停下想想，才觉得字里行间真有深意，虽然常常是掩卷后才慢慢明白。

　　"热饮三杯即是家"，这感受简单而无理。可在冬日黄昏，走过崎岖山路的人，会觉得亲切可爱。

清·樊沂·山水图页

　　冬日，山路，晚归人，画中一一具备。他们还要走很久呢，右上方高处的旗杆下，分明是一座城门。

夜宴南陵留别

唐·李嘉祐

雪满前庭月色闲,

主人留客未能还。

预愁明日相思处,

匹马千山与万山。

12月27日

　　相聚之乐,在想到离别时就已经开始稀释。即使主人留客,多住一天,毕竟仍要踏上前路。诗人偏偏又心思玲珑,多愁善感:他想着,明天的旅途必定惆怅,因为将要独自骑马,跨过千万座山川。

　　比常人多想一点,然后把多想的话说给读者听,带着大家一起想,也可以成为好诗。

◆ 南陵:在安徽省东南部,今属芜湖。

明·王谔·寒山图轴

    画中风景正是如此。主人骑马，仆从挑担，冲风冒雪，千山万山。

渭上题

唐·温庭筠

目极云霄思浩然，

风帆一片水连天。

轻桡便是东归路，

不肯忘机作钓船。

　　《渭上题》共三首，都是讨论人生际遇与出处的。这是其中的第二首，意思浅近。船到渭水上，离繁华热闹的都城越来越近了。只要拨转船头，就能回到闲适的生活中去。但又有谁能舍下直冲云霄的诱惑，肯放弃那一份也许锦绣般灿烂的"前程"？

　　温庭筠家在山西祁县，一生郁郁，屡试不第。他大概知道，自己正是一个无法放弃的人。

◆ 渭上：渭水之上。渭水发源于甘肃，流经咸阳、西安，至渭南潼关县汇入黄河。

◆ 桡（náo）：船桨。

明·尤求·人物山水图册·五

古画里有形形色色的船。有战船，行路的船，真正的渔船，也有文人士大夫持竿游钓的船。画中这一只必定是后者，因为船头还有画轴纸卷、墨池砚田，舷窗中露出半张琴、一部书、一只小香炉，船尾童儿身侧，分明是一只小茶炉。

嫦娥

唐·李商隐

云母屏风烛影深，长河渐落晓星沉。

嫦娥应悔偷灵药，碧海青天夜夜心。

12 月 29 日

　　无法入眠的夜里，只有屏风上深深的烛影做伴，又只能熬过长夜，眼睁睁看着银河西斜，晓星黯淡，天光明亮起来。一人一夜，尚且如此，那月宫里的嫦娥呢？她独自乘着月亮，守着同一片青天碧海，挨过了多少朝夕？

　　嫦娥的孤独如同宿命。片刻孤独，已足以使人清醒；永远的孤独，让这首诗彻骨寒凉。

◆ 嫦娥：传说为后羿之妻，偷服丹药，独自飞升，从此久住月宫。
◆ 云母：一种矿石，古人多用以装饰屏风。

清·周音春·历代美人图册·嫦娥

　　画中嫦娥身侧，正是一座炼丹炉。她的眼神儿正向炉中觑探，两根纤指捏在一起，分明要去取那枚"灵药"了。画家紧紧抓住了她改变命运的那一刹那。

夜上受降城闻笛

唐·李益

回乐峰前沙似雪,

受降城下月如霜。

不知何处吹芦管,

一夜征人尽望乡。

12月30日

这首诗十分著名,到了什么程度呢?史书说,"天下以为歌词",也就是传唱遍了人间。在宋人郭茂倩的《乐府诗集》里,它的题目甚至叫作《婆罗门》,那其实是人们传唱它的曲调名。

诗确实好。它描写的边疆景象安静如画。当你以为兵士们都已安睡时,他们悄悄出现了。在无边的静寂里,有一个人吹响了芦笳。有无数人,甘心与白沙明月一起充当背景,因为思乡之情早已填满了空寂的世界,谁也不用再走到台前来表演什么。

◆ 受降城:唐代有三座。中城在朔州,西城在灵州,东城在胜州,都是用以接受敌人投降的地方。

◆ 芦管:古代的一种管乐器。以芦叶为管,管口有哨簧,管面有音孔。

清·袁江·关山夜月图轴

"受降城下月如霜"。

阁夜

唐·杜甫

岁暮阴阳催短景，天涯霜雪霁寒宵。

五更鼓角声悲壮，三峡星河影动摇。

野哭几家闻战伐，夷歌数处起渔樵。

卧龙跃马终黄土，人事音书漫寂寥。

12 月 31 日

一年将尽。请以这首四联皆对的严肃作品，作为全年的句号。

此诗作于大历元年（766）岁暮，当时杜甫居住在夔州西阁。日月轮转，催得白日越来越短；霜雪暂停的夜里，高楼上传来了鼓角声；满天星斗倒映在峡江水面上，它们随着水波摇晃起来。政局并不乐观，战争还在继续。几家哀哭，几家哀歌，每个人的命运都迷雾重重。贤能的诸葛亮，鲁莽的公孙述，最终都徒然逝去了。个人力量渺小，既改变不了目前的人事，也无法获得来自远方的消息，只能任由一切归于寂寥。

生命的至暗时刻，每个人都会遇到。如何面对它，承担它，甚至勇敢地记录它，讨论它？先贤做过许多探索，唐诗里有许多范本。往昔的世界永远在那里，等待你回身探寻。

◆ 卧龙：指诸葛亮。三国时期，他是蜀国的功臣。
◆ 跃马：化用左思《蜀都赋》"公孙跃马而称帝"句，指西汉末年在蜀称帝的公孙述。

清·王翚·仿王维雪山图轴

雪后的世界一片宁谧。仔细看，有人骑行，有人步行，有人安居静坐，有人放牧甫归。千家万户，每个人的生活都不相同。

每一年都有这样的冬天，每个冬天都有这样的雪夜。而时间就这样悄悄从唐代滑到了今天。

登幽州台歌

唐·陈子昂

前不见古人，

后不见来者。

念天地之悠悠，

独怆然而涕下。

1月1日

　　为期一年的唐诗之旅开始了。第一天，借着这首诗，正好告诉大家：

　　每个人都在时间和空间中生活。只是平日琐事碌碌，并不总能意识到这一切。而诗人会用作品提醒你。当你觉得所处的时空中再无他者，眼见岁序无情，高台广阔，古人已矣，后人未来，便会感到深刻的孤独。你会茫然无措，哀感万端，像陈子昂一样哭起来。

　　古典文学存在的意义之一，便是让你知道：人生的各种境遇，不分古今。酸甜苦辣，喜怒哀乐，古人都曾体验过，记录过，也表达过。我们读诗，不只是为了学习知识，增加修养。从某种程度上说，正是这些作品，让我们知道了前贤的种种感受，帮助我们摆脱了"前不见古人"的悲哀；它们也激励我们去创作属于自己的文字，在可能的时候，留给来者。

　　那么，启程吧。

◆　幽州台：即黄金台，据传故址在今北京市大兴区，是战国时期的燕昭王为招纳天下贤士而建。

清·高其佩·高冈独立图轴

高其佩是清代早期的画家,以指画出名。他能够抛开毛笔,只用手指和指甲等作画。这类作品当然不可能像毛笔画一样精细繁复,常常只是简单的人物花鸟,但都生动可爱。

画上的小人儿正在登高望远。前无古人,后无来者,只有风吹过,让他衣角飘扬。

休暇日访王侍御不遇

唐·韦应物

九日驱驰一日闲，

寻君不遇又空还。

怪来诗思清人骨，

门对寒流雪满山。

1月2日

　　唐代官员每旬休假一日。这一天，韦应物决定去访问他的朋友王先生，可是没碰上，只能独自站在门口，欣赏眼前的景色。

　　四句诗分成两截，前两句强调"好不容易得闲来看你，偏偏扑了个空"，极力突出遗憾之情。后两句笔锋陡转："原来你家在雪山下，寒溪前。天天看着好风景，怪不得能写那样清澈的好诗"，拐着弯儿夸起了主人。这样一来，遗憾之情立刻少了。毕竟这位没看到主人的访客，也被好风景抚慰了呀。

◆ 侍御：官名。

明·蓝瑛·仿古山水图册·十二

画面上可不正是"门对寒流雪满山"吗？

寓 题

唐·杜牧

把酒直须判酩酊，

逢花莫惜暂淹留。

假如三万六千日，

半是悲哀半是愁。

1 月 3 日

　　如何面对人生，是个恒久的话题。杜牧说，他遇到酒，就要喝到大醉；遇到花，就要看个尽兴。因为，假如人生一共百年，到底是哀愁居多。"不如意事常八九"，当然要格外珍惜欢乐的时刻。

◆ 判：宋以后多用拼。
◆ 酩酊 [mǐng dǐng]：大醉。

明·孙克弘·销闲清课图卷·九（局部）

画中人正在叮嘱童儿，仔细浇花。

洛桥晚望

唐·孟郊

天津桥下冰初结，

洛阳陌上人行绝。

榆柳萧疏楼阁闲，

月明直见嵩山雪。

这是一首著名的七绝，历代评论家对它赞不绝口。它的结构特别紧密，视野由低而高：天津桥是隋唐时期洛阳城里的桥，深冬之际，桥下河水凝冰。这是低头所见。第二句改为平视，路上了无行人，视野一片空阔。第三句略高、略远，但见远处的树木掩映着楼阁。最后彻底抬起头来，仰视一轮明月，又看到月光照着嵩山顶上的积雪。

寥寥四句，秩序井然。冬日萧疏落寞之状，如在目前；可因为看得全面，看得深广，又使诗人笔下的世界匀净而澄澈。

元·黄公望·九峰雪霁图轴

　　画上全无人迹，只是一片冰天雪地。山头有树，却都落光了叶子。右侧树下可见楼阁数间，而远山莹莹洁白。

早寒江上有怀

唐·孟浩然

木落雁南度，北风江上寒。

我家襄水曲，遥隔楚云端。

乡泪客中尽，孤帆天际看。

迷津欲有问，平海夕漫漫。

1 月 5 日

　　孟浩然是湖北襄阳人，所以说家在襄水之畔。这是一首名作，岁末天寒，想登高一望家乡，却看不到；想回家去，却只见天际孤帆，是别人的归舟。迷途之中，也想唤只船来，又只有江连着海，海波上荡漾着夕阳。

　　诗写心声，全然不假雕饰，却也因此真切自然。

（传）清·石涛·四季山水图册·二

　　青山白水之间，大雁正要从人字变成一字。一艘小船扬帆航行，孤孤单单。正是"木落雁南度"，又恰好应了"孤帆天际看"。

西归绝句·十二

唐·元稹

寒花带雪满山腰，

着柳冰珠满碧条。

天色渐明回一望，

玉尘随马度蓝桥。

1月6日

《西归绝句》共十二首，作于元和十年（815年）从贬所回到长安的路上，是一组真诚的好诗。被贬五年，乍然奉召回京，元稹既感叹物是人非，又庆幸微躯尚在，千言万语都在心头。他不用典故，只是尽情描摹眼前所见。毕竟这一切已经久违，足以冲击他的心灵了。

在这冲寒冒雪赶路的景象中，我们尽可想象他那似箭的归心。

◆ 着：附着。

◆ 玉尘：比喻雪。

◆ 蓝桥：即蓝桥驿，在今陕西蓝田东南蓝桥镇。

清·黄慎·山水人物图册·十二

　　画中一片白雪茫茫。左侧小桥，被雪覆盖；右侧丛树，果然是
"冰珠满碧条"。而那骑着马的人儿刚刚走进画面，他的路还很远，
此刻正驻足稍息。

小寒

初候，雁北乡。

一些早归的雁，已经向北飞回去。

二候，鹊始巢。

鹊鸟感受到了阳气，开始为下一年的生活筑巢。

三候，雉雊。

雉鸡感受到了阳气，开始叫了起来，打破了长冬沉寂的气息。

冬日峡中旅泊

唐·刘言史

霜月明明雪复残，

孤舟夜泊使君滩。

一声钟出远山里，

暗想雪窗僧起寒。

　　诗人在寒夜中独自旅行。江上明月高悬，雪已渐渐消融，世上仿佛只有一艘小船。直到清晨，远山中传来钟声。他想，那里必定有寺庙，而山深处一定更冷。雪都积起来了吧？僧人早晨起来时会更冷些吧？果然是小寒时节了。

◆ 使君滩：滩名。在今重庆市万州东。浪大水急，十分凶险。据北魏郦道元《水经注·江水》载：杨亮在赴益州刺史任途中，在此翻船，故称使君滩。

清·吴历·山水图册·七

千山积雪中，一间小屋里，不知是否住着僧人。

泊凫矶江馆

唐·赵嘏

风雪晴来岁欲除，孤舟晚下意何如。

月当轩色湖平后，雁断云声夜起初。

傍晓管弦何处静，犯寒杨柳绕津疏。

三间茅屋东溪上，归去生涯竹与书。

江南地方舟船便利，来往都是船行。于是诗人在停泊之际，看见雪停之后月亮升起，杨柳叶少枝多；听见大雁远飞长鸣，管弦之声使世界更加静谧。末句交代此行原委，仿佛是受到眼前景物的感召，才说起自己家里也有水畔茅屋。岁暮冲风冒雪，只为回去看竹读书。这种平静温和的叙述，于诗艺可能不够出彩，但于真实的人生，可能已是难得的幸福。

◆ 凫矶：在今宁波附近。

清·龚贤·山水册·一

孤舟晚下，溪上茅屋，都是画上景致。

子初郊墅

唐·李商隐

看山对酒君思我，听鼓离城我访君。

腊雪已添墙下水，斋钟不散槛前云。

阴移竹柏浓还淡，歌杂渔樵断更闻。

亦拟村南买烟舍，子孙相约事耕耘。

1月9日

　　这首诗在李商隐的作品中非常独特。作者一改迷离惝恍的典型面貌，从眼前的实景出发来描摹风景，抒发情感，居然颇有一点儿白居易和杜甫的韵味。因为它简单有趣，我们就从此诗来结识这位大诗人。

　　"想着你一定想我，所以我要来看你"，这就是入山的缘由。山里下了雪，融化后顺着屋檐流下。古寺敲了钟，敲不散门前的云。日下树影斑驳，风中歌声断续。都是普通的景色。可是人生忙忙碌碌，"普通"的好日子，就很难得。它打动了诗人，引得他也想一起住进山里，让子孙种田为生。

　　可惜古人和我们一样，都被尘世牢牢绊住。"归田"，有时是美好愿望，有时是陈词滥调。反正，它实在不易达成。

◆ 子初郊墅：子初，人名。李商隐到这位友人乡下的别墅去游玩，写了这首诗。

138

明·文徵明·山庄客至图轴

画中的客人还在骑马过桥，仆从挑担跟在后面，童子已经先跑几步，敲响了主人家的门。"听鼓离城我访君"，高山下的小屋就要喧闹起来了。

赋得自君之出矣

唐·张九龄

自君之出矣，

不复理残机。

思君如满月，

夜夜减清辉。

1 月 10 日

　　"自君之出矣"，从你走了以后；"不复理残机"，再也没有心情继续纺织。就像那天上的满月一样，一天天想着你，一天天变瘦，渐渐减去了清光。

　　"月亮代表我的心"，从古到今。

◆ 赋得：凡摘取古人成句为诗题的，多以"赋得"某某句为名。"自君之出矣"，是乐府诗中的旧题。根据现存文献，东汉末年的徐干可能是最早写出这个句子的人。

◆ 残机：织机上还留着没有完成的织物。

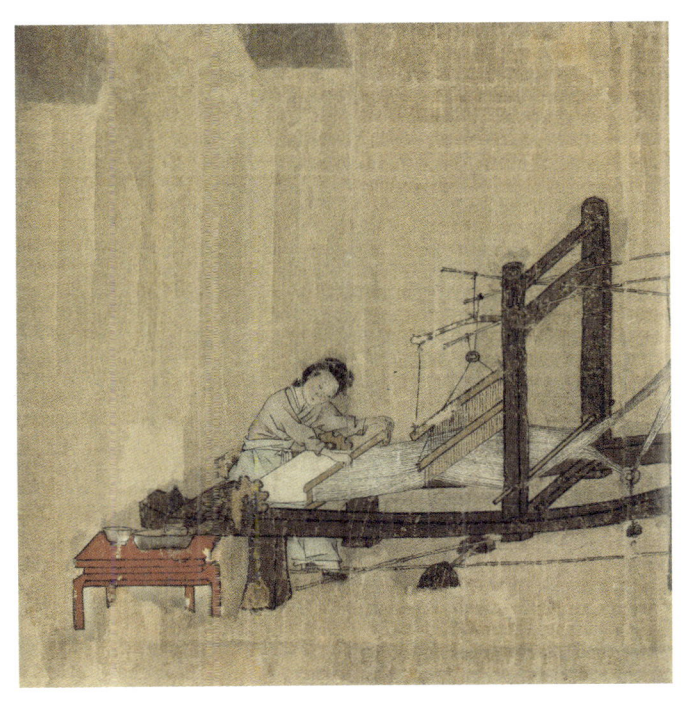

明·夏厚·摹宋人纺织图卷（局部）

纺织是重要的生产活动。古诗描写女性，常常取织机为意象；古画刻画劳作景象，也常常选择"男耕女织"为典型的劳动场景。不过，与写意抒情的文人们不同，这类高度写实的作品，自有另外一个传统。

独酌

唐·杜牧

窗外正风雪,

拥炉开酒缸。

何如钓船雨,

篷底睡秋江。

　　严寒之际抱着火炉喝酒,大概是为了取暖。杜牧正在坏天气里追求好心情。但古人的条件毕竟太有限了。面对严苛的自然环境,他们束手无策,只能空想:隆冬的炭火炉再好,也比不上秋雨中一觉闲眠啊。

　　同是冬日饮酒主题的五言绝句,这一首应当与著名的《问刘十九》对照来看。杜牧不满,白居易满足,两位诗人的性情截然不同。现代生活予人以便利,却也使人远离了自然。隆冬也好,凉秋也好,多在自然环境里走一走,才能真正懂得每位诗人的心。

宋·佚名·秋江暝泊图页

　　寒江叠嶂，红树青山。小船儿靠近了水口，就将停下了。这一晚，小人儿收起篙子，就会酣然入梦。这就是杜牧的梦想啊。

终南望余雪

唐·祖咏

终南阴岭秀，积雪浮云端。

林表明霁色，城中增暮寒。

终南山，通常指秦岭山脉的中段，绵延数百里。唐朝的首都长安（今陕西西安），就在终南山北面。山上的雪，高高浮在云端。雪停了，晴光映在林梢，显得一片明亮。而城里的黄昏格外寒冷。

不要小看诗句的排列组合。本来，若四句平平并列，可以只作寻常雪景来看。而本篇的三四两句偏偏彼此映照，制造出一种因果联系。仿佛是林梢温暖的光线，反衬得山脚下的城市格外寒冷；仿佛终南山笼罩着整座城市，改变了那里的朝晖夕阴。

◆ 阴岭：背阳的山岭。
◆ 林表：林梢，林外。

明·蓝瑛·仿范宽积雪浮云端图轴

　　画上远近山峰都被白雪覆盖。主峰之下，画面近处，小亭中坐着小人儿。雪已停了，道上连个行人都没有，多半是因为"下雪不冷化雪冷"吧？

　　范宽是北宋著名画家。明中晚期开始，艺术家们开始根据他们对古画的理解进行创作。这幅画便是蓝瑛的"仿范宽"作品。"积雪浮云端"五字，分明题在画面左上角。

咏闲

唐·白居易

但有闲销日，都无事系怀。

朝眠因客起，午饭伴僧斋。

树合阴交户，池分水夹阶。

就中今夜好，风月似江淮。

　　农历腊月初八是"腊八节"。一般认为，将腊月初八与释伽成道结合起来，佛寺形成施粥结缘的习俗，至少要到宋代。唐诗中的这一天也确实平平常常。

　　不过，唐人入山访僧的记录却不少，对诗人来说，这的确与访友、闲居一样，都是消磨时光的好办法。现代人的生活普遍忙碌，若有"无事系怀"的片刻，千万要珍惜。

◆ 销：排遣，打发。
◆ 就中：其中。

清·张积素·山僧揖客扇页

　　既然"午饭伴僧斋"，当然要请一位和尚本色出演。画中僧寺被竹树遮掩，只见窄窄一道闲门。左侧的僧人身着缁衣，正与右侧的士人相对闲谈。只不知是刚相见，还是即将作别。

送友人

唐·薛涛

水国蒹葭夜有霜，

月寒山色共苍苍。

谁言千里自今夕，

离梦杳如关塞长。

　　寒夜送别，看到眼前山色，她想到此后友人将渐行渐远。随后转念：谁说千里长路从今夜才刚刚开始走？梦中一瞬早已远度关塞，走到了行人将要去的地方。

　　这是一首非常克制的诗。眷恋伤心都不肯明言，只写景色和梦境，让人感到前路之远，就是思念之长。

◆ 薛涛是唐代著名的女诗人。据传，她创制了一种诗笺，色泽深红，很受欢迎。后来，大家甚至把各种八行红笺都叫作"薛涛笺"。

半夜自西村
遽土塔河房
次日惧作
傅山

清·傅山·山水册·三

　　画中有一轮明月，掩映在烟云和树木之中，从高山上照向人间。云雾弥漫，像是霜露遮掩了景色，又像是月光让一切朦朦胧胧。正是诗中前两句的景象。

二月十四日

旅次寄湖南张郎中

唐·戎昱

寒江近户漫流声，

竹影临窗乱月明。

归梦不知湖水阔，

夜来还到洛阳城。

1 月 15 日

　　寒冬夜宿，江边水声漫流，月光被窗前的竹影分割成好几片，化作纷乱的色块，映入眼帘。旅客终究是要入睡的，在江声与竹影中，他的梦渡过茫茫湖水，悄然回到了洛阳城。若论技法，这首诗只是平平地起承转合，但它好在字面涓洁，意象组合不疏不密，有动有静。风水声中，人睡了。大自然还醒着，梦也还活跃着。

　　戎昱的生平经历我们并不非常清楚，一般认为他是湖北江陵人；他在许多地方做过官，不知洛阳是否为其中一处。梦的自由，反而衬托出人的羁泊与拘束。我们立刻明白，诗还有许多言外之意。作者巧妙地暗示了这一切，就不必再明说。

◆ 旅次：游客途中暂住的地方。

清·王鉴·虞山十景图册·八

　　画中天地莹匀，是严冬雪后景象。左侧有间小屋，丛竹凌乱，正好临窗；右侧流水小桥，离屋不远，又正是寒江近户。

途中有怀

唐·温庭筠

驱车何日闲，扰扰路岐间。

岁暮自多感，客程殊未还。

亭皋汝阳道，风雪穆陵关。

腊后寒梅发，谁人在故山。

1 月 16 日

　　唐人写冬日行旅，大多是在表达思乡之情。中原岁暮，风雪长途，诗人也厌倦了来往奔波。温庭筠是山西人，此时身在河南，艰难行旅。于是末句不免遥想：进了腊月，家乡的梅花怕已开了吧？可今年有谁在家乡，可以看着它开呢？

　　昨天刚刚讲过，要听懂诗人的话，就得尝试理解他的潜台词。问"谁人在故山"，可知他自己的出行，大约不是为了回家。他认为自己恐怕赶不回去欣赏今冬的梅花了。

- ◆ 殊未：尚未。
- ◆ 亭皋：水边的平地。
- ◆ 穆陵关：史上曾有好几座同名的关隘。诗中的一座，与汝阳道同位于今河南境内。
- ◆ 故山：家乡的山，代指家乡。

明·卞文瑜·山水图册·三

　　梅树环抱着小屋，红衣人儿正在一片寒香中。这大约是温庭筠所盼望的日子吧。

寄友二首·其一

唐·李群玉

野水晴山雪后时，独行村落更相思。

无因一向溪头醉，处处寒梅映酒旗。

1月17日

　　这首诗格外委婉。表面上看，只是说独自闲行，思念朋友，遗憾不能一同赏梅饮酒；其实思念的过程都蕴含在字句背后。两人想必曾经有过结伴踏雪寻梅的共同回忆，如今梅已再开，所有酒家照常营业，而友人却不在身旁，诗人这才提不起独酌的兴致。

　　唐诗中有很多"普通的好作品"。平常风景，平常思念，记录下来就足以动人。

元·王冕·墨梅图卷

这是一枝开在艺术史上的梅花。

出东阳道中作

唐·方干

马首寒山黛色浓,

一重重尽一重重。

醉醒已在他人界,

犹忆东阳昨夜钟。

　　有一种观点认为,唐代可以分为"初、盛、中、晚"四个时期;人们也常用这种分期方式来谈论唐诗。晚唐时期的诗,风格独特,流光溢彩,非常迷人。许多绝句在畅达之余,仿佛都略带一丝颓唐。恰如写生的小画儿,虽然只描摹自然风景,却能在人心里留下深刻的印象,唤起某些细微的情怀。

　　醉中行路,走不尽寒山万重。可其实地界早已变了又变。正是这一重重山影,把人送到他乡。

◆ 黛色:青黑色。

元·佚名·雪山行骑图页

　　画是用颜料渲染的，万山飞雪之中，只有松柏还能生长；雪下露出山石本色，亦正是淡淡青黑。行人苦苦赶路，他要过桥，入山，走过很长一段，才能到达山后边的一片人家。而那"人家"，当然是"他人界"。

金陵图

唐·韦庄

谁谓伤心画不成，

画人心逐世人情。

君看六幅南朝事，

老木寒云满故城。

　　有一位诗人高蟾写过《金陵晚望》，说南京地方的风景是"世间无限丹青手，一片伤心画不成"。韦庄必定读过这首诗，因此反其意而用之，写了这首题画诗。他说，通常画家无非是体谅世人的心情，才故意不去画六朝兴亡的伤心事罢了。可是眼前这六幅金陵图，都在画南朝故事，直画得一片沧桑，老木寒云，引起观者伤今吊古之情。

　　"翻案"，是诗人常用的写作手法。前人作诗发表议论，后人就作诗反驳。驳论若是精彩，后出的诗往往成为名篇。读诗词不是一件简单的事，需要多多掌握背景知识，才能融会贯通。

◆ 金陵：即今江苏南京，是六朝古都。唐人在那里留下了许多怀古名篇。

明·文伯仁·金陵山水册·青溪

　　这一套山水画，名为《金陵山水册》，画的都是南京的风景胜地。它们当然都是所谓的"金陵图"。青溪流经南京主城，汇入秦淮河，河岸两边，曾是历代文人聚居之地。画上溪畔树木都已十分高大，既多又密，端然是"老木寒云满故城"。

初候，鸡乳。

冬至以后，物候月令非常努力地寻找阳气回笼的证据。人们觉得，每一种动物的行为，都是因为感受到了它的存在。如今，鸡也开始下蛋、孵小鸡了。

二候，征鸟厉疾

征鸟是鹰隼之类，此时还是严冬，它们昂扬地捕捉猎物，又凶厉，又迅疾，展现出搏击的气势。

三候，水泽腹坚。

水冻得硬邦邦的。人在屋子里躲着，苦等着辞旧迎新。不过，四季周转轮回，别忘了，下一个春天，第一个物候，就是『东风解冻』。『花须柳眼各无赖，紫蝶黄蜂俱有情』的日子，又将款款来临。

江雪

唐·柳宗元

千山鸟飞绝，万径人踪灭。

孤舟蓑笠翁，独钓寒江雪。

1月20日　大寒

　　耳熟能详的诗，重读时也不妨再问问好在哪儿。四句诗两两对仗，诗里描摹的世界仿佛具有一种内在的秩序。前两句使用了"互文"的修辞方法，必须合在一起来解释：白雪落下，千山万径都茫无人迹，连鸟儿都不见踪影了。后两句虽然不再是互文，却在反复强调这渔翁是孤零零的一个人。整首诗仿佛一个在广阔世界中不断推进的镜头，从"千""万"到"孤""独"，从极大到极小，准确地抓住物象，予人格外强烈的视觉效果。

　　大寒时节，读此也当觉得天地肃杀，人迹渺然。

清·王鉴·山水册·五

蓑笠翁满身是雪。

题齐安城楼

唐·杜牧

鸣轧江楼角一声，

微阳潋潋落寒汀。

不用凭栏苦回首，

故乡七十五长亭。

1 月 21 日

　　绝句篇幅短小，施展不易，有些佳作索性直抒胸臆。杜牧登楼望乡，只听角声呜咽，只见斜阳入水。他索性坦白：我也不必苦苦回首遥望了，家乡根本看不见，它离这里足有七十五座长亭。

　　读这样的诗，尤其要注意句子之间的关系。第三句的转折如此轻松省力，才让第四句更加掷地有声。此外，杜牧喜欢用数字入诗。譬如"二十四桥明月夜"，"娉娉袅袅十三余"，等等。这些字的声律往往不好安排，能让它们妥帖合适，也是本领所在。

◆ 潋潋：水波流动的样子。这句是说，最后一抹斜阳渐渐西沉，好像落进了波光潋滟的江水之中。
◆ 故乡七十五长亭：唐代三十里置一驿站，每站有亭。"七十五长亭"，至少在两千里外。

宋·马远·水图卷·晚日烘山

　　马远画过一整套《水图》，描绘江河海水的种种面貌。本幅名为《晚日烘山》，正是黄昏时分，日落山脚，晚霞流溢在江水上的景象——看水波染上了淡淡胭脂色，不正是"微阳潋潋落寒汀"吗？

对雪

唐·李商隐

旋扑珠帘过粉墙，轻于柳絮重于霜。

已随江令夸琼树，又入卢家妒玉堂。

侵夜可能争桂魄，忍寒应欲试梅妆。

关河冻合东西路，肠断斑骓送陆郎。

1月22日

　　《对雪》诗共二首，原有注称"时欲之东"，意思虽隐晦，仍能隐约猜到是在雪天与闺中人作别的诗。全篇多用典故，词藻华美而字面含蓄，这正是李商隐的典型面貌。雪那么纯洁美丽，只是雪美吗？是冬天的她也一样美。是她悲伤着送走了他吗？不，仿佛是他悲伤着，独自被大马载向远方。

◆ 琼树：指南朝诗人江总的名句"璧月夜夜满，琼树朝朝新"，这里或指积满了雪的树枝，也暗指佳人的美貌。

◆ 玉堂：这里指雪覆盖的房屋。

◆ 梅妆：即梅花妆。南朝宋武帝刘裕女寿阳公主，尝仰卧于含章殿下，正值梅花盛开，吹至额间，拂拭不去。后来成为一种妆容。

◆ 陆郎：古乐府有"陆郎乘斑骓"的诗句，斑骓是毛色青白相杂的马。这里借以自譬，说明即将远行。

明·唐寅·函关雪霁图轴

　　画上有关山风雪，行人已离家很远，可他们的前路更远，必须绕过山石，穿过树林，才能到达远处的村庄。有人乘车，有人骑马。不知都是谁家的儿郎。

观猎

唐·王维

风劲角弓鸣，将军猎渭城。

草枯鹰眼疾，雪尽马蹄轻。

忽过新丰市，还归细柳营。

回看射雕处，千里暮云平。

1月23日

　　渭城在今陕西咸阳；新丰市故址在今陕西临潼东北，与渭城相距几十里；细柳营故址在今陕西西安，原是汉代名将周亚夫的营地。这里是暗暗赞美这位出猎的将军像周亚夫一样优秀。

　　出猎，"快"意味着一切。雪尽草枯，策马架鹰，几个地名倏忽闪过，说明将军动作神速，在平原上跑个来回，不过是一瞬间的事，神勇尽在不言中。

　　那么，收获呢？大雕已经打落，只剩下一片空阔辽远的黄昏。

清·袁江·山水图册·一

　　"回看射雕处，千里暮云平"，诗句就题写在画面左上方。画中两人一前一后骑马而行，在前者正回首遥望着城市。那城市已经被暮云遮掩，树梢外，只见几片屋顶，一座塔尖。

过天门街

唐·白居易

雪尽终南又欲春，

遥怜翠色对红尘。

千车万马九衢上，

回首看山无一人。

　　终南山上积雪渐渐消融，满山绿意与红尘相对。过了腊八，又过了大寒，新年就在眼前，春天不会很远了。可是人间虽然有奔忙不休的千车万马，却没有一个人愿意稍作停留，关心一下岁序变化，回头看看山景再出发。

　　以"千车万马""九衢"这样的大数，与"一人"这个极小的数字相互映照，是诗词常用的笔法。这种手法能在很有限的空间里制造出巨大的落差，使区区绝句具有振聋发聩的力量。这种力量，我们在《江雪》中，已经领略过了。

　　白居易自己，当然是那个看山的人；他也在提醒我们，假如条件允许，不必总是苦苦向前奔跑，偶尔也要在好风景面前停一停。

◆九衢：四通八达的道路。

清·吴宏·山水册·五

　　画面的主体是一片青山。低处有树，溪上有桥，顶上
有寺。而画面右下角的山隙中，露出了一大片人家。"翠色
对红尘"，正是如此。有谁肯去看山呢？画中没有一个人。

病马

唐·杜甫

乘尔亦已久，天寒关塞深。

尘中老尽力，岁晚病伤心。

毛骨岂殊众，驯良犹至今。

物微意不浅，感动一沉吟。

马在古代一直很重要，在军事、交通方面都不可或缺。因此有许多典故与它相关。千里马可譬喻人才，瘦马是一生落魄的失意者，老马则像志在千里的老年人。

杜甫咏此平凡而驯良的老马，恐怕也在感慨自己的一生。这种手法，就叫作"托物言志"。但他手段高妙，引而不发，只说老马令自己感动；而后来的读者，都懂得这种含蓄的艺术，纷纷说是老杜感动了他们。

元·任仁发·二马图卷（局部）

　　这是借绘画来"托物言志"的名作。画中原有两匹马，一匹膘肥体壮，另一匹瘦骨嶙峋。此处所选，是那憔悴瘠瘦的一匹。它为人服务了一辈子，老病交加，依然俯首驯良，正与杜诗意蕴相符。

湘口送友人

唐·李频

中流欲暮见湘烟，苇岸无穷接楚田。

去雁远冲云梦雪，离人独上洞庭船。

风波尽日依山转，星汉通宵向水连。

零落梅花过残腊，故园归醉及新年。

1月26日

　　农历岁末，游子各自还家。两湖地区曾是水国，送行之际，只见雁冲雪去，人倚舟行。李频对他的朋友说，这一路行程必定壮阔：你将看见高山大川，满天星斗；会在梅花开谢中送走腊月，大概也来得及在新年时回到家乡。

　　这句祝愿，就像今天的"一路顺风"那样普通。可他的想象实在太宏伟了。残冬的景象居然毫不落寞，反而云蒸霞蔚，风生水起，带着昂扬奋发的气息。

◆　湘烟、楚田：泛指今天的湖北湖南一带。后文的"云梦""洞庭"，也只是泛指两湖水域，只不过为了对仗，也为了避免重复，诗人才选用了更加精巧的字眼。

明·陈道复·雪者惊鸿图卷（局部）

　　唐诗常写归雁，士画中也常有它们的身影。"去雁远冲云梦雪"，画中的一行大雁在雪天里正奋力飞行。

题陈胜林园

唐·皇甫冉

闭门不肯偶时人，荒竹闲园莫厌贫。

腊后春风能几日，家中芳草自相亲。

"冬天到了，春天还会远吗？"古人也有这样的期许。作者来到朋友家的小园子，赞美他孤高自处，不与时人为伍。那里花还未开，草已返青，这点绿色足以慰藉人心。

山川草木虽不能言，却总是遵循时令，年年变回原来的模样。对那些安静内向的人来说，看风景远胜于看人。

◆ 偶：与人共处。

明·沈周·东庄图册·四

　　画上有墙垣一道，竹树掩映房栊，檐上白灰略已剥落。小人儿独坐其间，煮茶、看古物，身后有满架书籍。果然是"不肯偶时人"。

洛阳河亭奉酬
留守群公追送

唐·李益

离亭饯落晖，腊酒减春衣。

岁晚烟霞重，川寒云树微。

戎装千里至，旧路十年归。

还似汀洲雁，相逢又背飞。

1月28日

　　这首诗的作者有几种说法，综合各家结论，仍当归于李益。他一生常在军中，此时又要离开洛阳远赴塞上。朋友们一起追送到河亭之畔。他十分感动，写了这首诗表达心意。冬日送别，酒酣耳热之际凭高四望，但见烟霞云树年年不改。千里外返回家乡，十年间重踏旧路，此时气氛尤为凝重。

　　唐代五言律诗，惯例只在颔联、颈联使用对仗句。此处开头两句就用对仗领起，显得格外严肃端庄。而尾联不用对句，借景抒情，也使余情摇曳。大雁相逢又相别，正如行客出发，送客回城。它既是李益亲眼所见的实景，也是在用自然景象譬喻片刻人生。

◆ 腊酒减春衣：喝了酒，身体暖和了，脱了衣服。腊酒是腊月所酿的酒。

（传）清·石涛·野色册页·九

　　画中有许许多多大雁，成片远飞，而方向并不相同。小人儿独自站在桥上目送它们，不知是否和诗人一样，想到了自己命运的轨迹。

冬晚对雪忆胡居士家

唐·王维

寒更传晓箭，清镜览衰颜。

隔牖风惊竹，开门雪满山。

洒空深巷静，积素广庭闲。

借问袁安舍，翛然尚闭关。

1 月 29 日

在一个深冬的夜里，王维被雪声惊醒。起来照照镜子，诗人不由得感慨自己随着岁月流逝而日渐衰老。耳听风竹簌簌，眼见大雪满山，广庭深巷一片岑寂，也一片素白。他想起朋友胡居士，他在这样的天气里，正干点儿什么呢？大概会像东汉的隐士袁安那样尽情高卧，不与外界往来吧。若无最后这一句牵挂的话，全篇便只是泛泛写景；有了它，既有了对方绝俗自持的形象，也有了自己诚挚的关切之情。

读诗千万不要舍弃题目。这首诗写得很简单，它好在哪儿呢？笔致严密，处处扣题。"寒更"，是冬晚。"开门"是对雪。"袁安舍"，是胡居士家。

◆ 袁安：东汉著名的政治家。有一年冬天，洛阳令到他家拜访，家门前的路都被大雪封住了。袁安正僵卧在床。洛阳令问：你为什么不出门？意思是让他出去寻求帮助。他回答说：下大雪时，人们一定都没饭吃。我不应该在这时候出去麻烦别人。后多以"袁安高卧"形容那些身处困穷不乞求于人、坚守节操的行为。

清·萧云从·山水册·四

　　人间有雪，屋后有竹，竹后有山，正是颔联所咏，自可当作王维这一边的景象来看；而屋中无人，架上有书，不妨设想这座小屋正是"胡居士家"，主人尀根儿还没起来呢。

长安逢故人

唐·吴融

岁暮长安客，相逢酒一杯。

眼前闲事静，心里故山来。

池影含新草，林芳动早梅。

如何不归去，霜鬓共风埃。

1 月 30 日

长安即今西安，是唐代的都城，也是许多人希望得到重用，从而改变命运的地方。大家辞别故乡，到这里来寻求机会，都不容易。所以"长安逢故人"，是有很多真心话可说的。他们必定要聊聊眼前的日子，也会回想一下在家乡生活的往昔。

此诗首尾写眼前，中间写梦想中的家乡——家乡这么好，为什么不回去呢？一定是满怀苦衷，说不完，也不能说。

◆ 故山：指家乡。诗词里的一些意象是频繁出现的，牢记它们的意思，便能事半功倍——还记得半个月前读过的"谁人在故山"吗？
◆ 如何：为什么。
◆ 风埃：风尘。

宋·扬无咎·四梅图卷（局部）

　　这是一幅特别著名的古画，画上的梅花纤秀而精神。"林芳动早梅"，它就要开了。如今已是腊月末尾，他乡的游子们也都盼着回家过年了吧。

春情

唐 · 张起

画阁余寒在，

新年旧燕归。

梅花犹带雪，

未得试春衣。

1月31日

　　不管人世变化多么迅速，节序总在默默轮回。这首小诗看似只在写不变的自然规律，笔下却藏着人的眼光和心情。天还很冷，燕子却已飞了回来，分明是带来了春的消息，这让诗人欣喜；梅花上还带着雪，诗人想换上轻薄的新衣服，却不能够，这又使他忧愁。

　　旧燕重来，新梅乍绽。年年看同样的风景，普通人很容易就会熟视无睹。要想成为一个诗人，就必须总是对周遭的事物抱有好奇心。每一次看花看燕子，都像初见时那样认真仔细。这些时间和功夫都有价值。

　　没有这个过程，就无法仔细体会自己的心情，更不可能写出诗来。

明·卞文瑜·梅花书屋图轴

　　小人儿端坐在画阁中。溪水活泼，青山温润，数株白梅绕屋盛放。端然是春天的意思了，可那人紧紧抱臂，不肯露出双手——一定还很冷呢，果然是"未得试春衣"。

杜位宅守岁

唐·杜甫

守岁阿戎家，椒盘已颂花。

盍簪喧枥马，列炬散林鸦。

四十明朝过，飞腾暮景斜。

谁能更拘束，烂醉是生涯。

2月1日

步入二月，很快就迎来新年。除夕夜，杜甫心情复杂。既觉得自己又老了一岁，又真切地体会着亲戚朋友之间的爱——这一夜如此热闹，马嘶人语，灯火通明，乌鸦扑棱棱四散惊飞。

古人四十岁已不算年轻，所以杜甫说自己即将走进人生的"暮景"，也就是黄昏。虽然不能留住时间的脚步，至少可以放纵一夜，和朋友们一起酩酊大醉。

下定决心，放浪形骸，过个好年吧！

◆ 椒盘已颂花：古时正月初一日以盘进椒，饮酒则取椒置酒中；晋人刘臻妻陈氏，正月初一曾献《椒花颂》。这句用典，是为了点明时节。

◆ 盍 [hé] 簪：典出于《易》，这里指朋友相聚。这一联非常著名，写人声鼎沸，深夜不眠。人们渐渐聚集，因此马槽中的马都挤挤攘攘，吵闹起来；许多火把次第点亮，所以惊飞了栖息的乌鸦。这种侧笔，构思幽微而精细，后代文人常常化用。

明·钱贡·太平春色图轴

画上梅花盛开，大人们在屋里看画。孩子们在门口点爆竹，客人正要前来拜访。又是一个新年！

酬王十八李大见招游山

唐·白居易

自怜幽会心期阻，复愧嘉招书信频。

王事牵身去不得，满山松雪属他人。

2月2日

当友人来信邀约游赏时，诗人因公事缠身，无法前往，就写下这首诗作为回答。前三句都质朴无文，像平常白话，几乎不能称之为诗；直到结句以想象中的山中风景收尾，才带出一笔遗憾之情。这也是一种高妙的技巧：把"此间"和"彼处"区隔开来，"得不到的总是最好的"。

古今如一，白居易的遭际，或许能唤起我们的共鸣。

◆ 王十八、李大：唐人喜欢用家族排行来称呼人，所以唐诗里常有这样的称谓。著名学者岑仲勉甚至撰写了一部名著《唐人行第录》，专门解决唐代文献里的这类称谓问题。

◆ 心期：这里指期望、愿望。

◆ 王事：公事。

明·蓝瑛·澄观图册·一

　　画上有山，有松，也有雪，小船儿上有个渔翁。文人们无暇欣赏的风景，却是渔人熟悉的日常呢。

和晋陵陆丞早春游望

唐·杜审言

独有宦游人，偏惊物候新。

云霞出海曙，梅柳渡江春。

淑气催黄鸟，晴光转绿苹。

忽闻歌古调，归思欲沾巾。

2月3日

　　杜审言是杜甫的祖父。这首诗是初唐律诗名篇，历代评论家对它大加赞赏，说它如同精金百炼，气象雄浑。它的形式已经非常完整，首句用韵，颔联、颈联对仗工稳，声韵错落和谐，几乎是一篇"满分作文"。

　　它是一首和诗。和诗有两种，或者与原作的题材相同，或者格律也和原作一致。这样的作品往往受到原作的限制，可杜审言却能将早春写得蓬勃飞动。仿佛是云霞在海上的日光中显露，梅柳迎来了满江春色；温润的春风引得鸟儿欢唱，晴和的日光转动了浮萍。仿佛一切安静的景物都有了生命，盛大的节日就要开始。最后，甚至还由物及人，自己好像是受到了自然的感召，听到了春天的呼唤，才想要辞官归家，珍重芳春。

◆ 淑气：春天温和的气息。
◆ 苹：水上浮萍。

新羅山人寫于靜寄軒

清·华嵒·黄鹂垂柳图轴

关于黄鸟，古人有许多种说法，有人认为黄鸟即是黄鹂。春天到了，黄鹂在微风里鸣叫起来，正如画中那两只一般。